私とは何か

「個人」から「分人」へ

平野啓一郎

講談社現代新書

2172

まえがき

本書の目的は、人間の基本単位を考え直すことである。

「個人」から「**分人**《ぶんじん》」へ。

分人とは何か？　この新しい、個人よりも一回り小さな単位を導入するだけで、世界の見え方は一変する。むしろ問題は、個人という単位の大雑把さが、現代の私たちの生活には、最早対応しきれなくなっていることである。


日本語の「個人」とは、英語のindividual《インディヴィジュアル》の翻訳で、一般に広まったのは明治になってからである。しばらくは「一個人」と訳されていた。

individualは、in＋dividualという構成で、divide（分ける）という動詞に由来するdividualに、否定の接頭辞inがついた単語である。individualの語源は、直訳するなら「**不可分**」、つまり、「**（もうこれ以上）分けられない**」という意味であり、それが今日の「個人」という意味になるのは、ようやく近代に入ってからのことだった。

日本人は、この概念を西洋から輸入したわけだが、「個人」という日本語からは、「分けられない」という原義を感じ取りにくい。そんなふうに考えてみたことがなかったという人が大半だろう。しかし、私たち「個人」の抱える様々な問題は、実は、この見えなくなっている語源にこそ隠されている。

個人は、分けられない。これは、人間の身体を考えてみるならば、当たり前の話だ。一人の人間の体は、殺してバラバラにしない限り、分けることができない。そのたった一つの体――実体として存在している個人に、「森林太郎」だとか、「川端康成」といった名前がそれぞれついている。

では、私たちの人格はどうだろう？　体と同じように、分けることができない、唯一のものなのだろうか？　当然じゃないか！と、これまでは考えられてきた。私は私、あなたはあなただ。体と同じように、その境界ははっきりしていて、色々なことを感じたり、考えたりしている自分は一つだ、と。

しかし、本当にそうだろうか？　それは、私たちの実感と合致しているだろうか？　頭をまっさらにして、人間関係を観察していると、どうもそうじゃないんじゃないかという疑念が湧いてくる。

たとえば、会社で仕事をしているときと、家族と一緒にいるとき、私たちは同じ自分だろうか？　あるいは、高校時代の友人と久しぶりに飲みに行ったり、恋人と二人きりでイチャついたりしているとき、私たちの口調や表情、態度は、随分と違っているのではないか。

それはそうだ。人間には、色んな顔があるのだから。そう言われるかもしれない。

このことと、人格はただ一つ、という考え方とは、矛盾しているだろうか？　恐らく多くの人は、矛盾しないと答えるだろう。人間は確かに、場の空気を読んで、表面的には色んな「仮面」をかぶり、「キャラ」を演じ、「ペルソナ」を使い分けている。けれども、その核となる「**本当の自分**」、つまり自我は一つだ。そこにこそ、一人の人間の本質があり、主体性があり、価値がある。……

こうした人間観は、非常に強固なものである。私たちは、ウラ・オモテがある人間を嫌うし、本音と建前を使い分けるのを日本人の悪習だと考える。八方美人というのは軽薄な人間の代表で、何よりも、「ありのままの自分」でいることこそが理想とされている。

どこに行っても誰と会ってもオレはオレ、ワタシはワタシ。それこそが、誠実な人間の生き方だ。――しかし、もう一度、実感と照らし合わせてほしい。そんなことは、果たして可能なのだろうか？　こちらはそれでいいかもしれない。しかし、相手をさせられる方は、たまったものではない。面倒臭いヤツと、辟易《へきえき》されるのがオチだ。

人間には、一人一人、多様な個性がある。にも拘《かかわ》らず、相手がどんな人であろうと受け容れられる人格というのは、どういうものだろう？　聖人君子のような理想的な人格なのか、それとも、どんな消費者にもマッチする大量生産品のように、没個性的で、当たり障りのない人格なのか？　どちらでもなく、「オレはオレで通ってる」という人がいれば、周りが非常に寛大で、忍耐強く彼を受け容れているだけなのではないだろうか？

私はだから、人間は結局、他人の顔色を窺いながら、「本当の自分」と「表面的な自分」とを使い分けて生きていくしかない、と言いたいのではない。**他者と共に生きるということは、無理強いされた「ニセモノの自分」を生きる、ということではない。**それはあまりに寂しい考え方だ。

すべての間違いの元は、唯一無二の「本当の自分」という神話である。

そこで、こう考えてみよう。**たった一つの「本当の自分」など存在しない**。裏返して言うならば、**対人関係ごとに見せる複数の顔が、すべて「本当の自分」である**。

「個人（individual）」という言葉の語源は、「分けられない」という意味だと冒頭で書いた。本書では、以上のような問題を考えるために、「**分人**（dividual）」という新しい単位を導入する。否定の接頭辞inを取ってしまい、人間を「分けられる」存在と見なすのである。

分人とは、対人関係ごとの様々な自分のことである。恋人との分人、両親との分人、職場での分人、趣味の仲間との分人、……それらは、必ずしも同じではない。

分人は、相手との反復的なコミュニケーションを通じて、自分の中に形成されてゆく、パターンとしての人格である。必ずしも直接会う人だけでなく、ネットでのみ交流する人も含まれるし、小説や音楽といった芸術、自然の風景など、人間以外の対象や環境も**分人化**を促す要因となり得る。

一人の人間は、複数の分人のネットワークであり、そこには「本当の自分」という中心はない。

個人を整数の1とするなら、分人は、分数だとひとまずはイメージしてもらいたい。

私という人間は、対人関係ごとのいくつかの分人によって構成されている。そして、その人らしさ（個性）というものは、その**複数の分人の構成比率**によって決定される。

分人の構成比率が変われば、当然、個性も変わる。個性とは、決して唯一不変のものではない。そして、他者の存在なしには、決して生じないものである。

本書は、抽象的な人間一般についての理論書ではない。そうした体裁を整えようとすると、どうしてもモデルが先行して、私たちの実感に潜んでいる微妙なニュアンスを押し潰してしまう。そもそも、私は学者ではない。小説家だ。従って、語られる内容は、最初から最後まで、具体的な話ばかりである。無駄な複雑さを極力排して、可能な限り、率直に、シンプルに、わかりやすく議論を進めたい。

私たちは現在、どういう世界をどんなふうに生きていて、その現実をどう整理すれば、より生きやすくなるのか？

分人という用語は、その分析のための道具に過ぎない。

漠然と気づいていることを、改めて考えるためには、どうしても、言葉が必要である。

「無意識の存在」を、フロイト以前の人間がどんなに感じ取っていたとしても、話題とするためには、やはり適当な用語が与えられなければならなかった。

その意味では、本書の内容は、多くの人が既に知っていることである。ただ、明瞭に語られてこなかったというに過ぎない。議論のためには、どうしても足場が必要となる。本書の意義は、それをまずは整備することである。

メディアが発達し、人間関係がますます複雑化する中で、今日ほど、「コミュニケーション能力」が声高に叫ばれている時代もない。そのために、多くの人が、アイデンティティについて思い悩んでいる。**私とは何か？** 自分はこれからどう生きていくべきなのか？ 旧態依然とした発想では、問題は解決しない。現代人の実情に適《かな》う思想を、一から作ってゆくべき時である。

目次

第１章　「本当の自分」はどこにあるか

教室の中の孤独

中学校の休み時間。教室の中では、クラスメイトがいくつかの輪になって騒いでいる。私も大体、そのどれかに加わっていて、私の周りに輪ができることもあった。友人たちとは仲が良かったし、学校も楽しかったが、それでも、時々ふと、みんなが盛り上がっている話題に、さほど共感してない自分に気づくことがあった。面白くないというより、どこか、満たされない感じだろうか。

小学生のころまでは、そんなギャップは感じなかった。しかし、中学生になったころから、笑顔で調子を合わせてはいるものの、自分はちょっと、みんなとは感覚がズレているんじゃないだろうかと感じることが多くなった。

私はしばらく、それは、自分とその学校とが合ってないからなんだと考えていた。私の通っていた中学は、カトリック系の私立で、後に中世ヨーロッパの異端審問をテーマにした小説『日蝕』を書くほどキリスト教にのめり込んでゆく私も、当時はただ、反発しか感じていなかった。とにかく、聖書に書いてあることは一字一句すべて気に入らず、シスターの話の一言一言にムカムカしていた。それを思った通り口にしていたから、私はよく、宗教の授業の後、担任に職員室に呼び出されて、説教をされた。シスターの校長と、個人面談をしたこともある。

級友の多くがクリスチャンだったというわけでもないから、そのことと、教室での違和感とは関係がなかったはずだが、とにかく、田舎の公立小学校から試験を受けて私立に入学した私は、三年間とうとう、あまり居心地の良さを感じなかった。それで、高校はむしろ真反対の校風の学校にしようと考えて、「文武両道」を掲げる地元の公立高校に進学した。

ところが、ここでも私の違和感は一向に解消されなかった。むしろ、いよいよ孤独を感じるようになって、さすがに今度は、やっぱりこの学校も自分とは合わない、とは思わなかった。これは**「個人」と社会**との根本的な矛盾で、そうである以上は、どこの学校に行っても同じなのだと考えるようになった。

今振り返ると、中学にも高校にも良い思い出はたくさんあり、友人にも恵まれていたが、当時はとにかく、教室という場所そのものに耐え難さを感じていた。

小説にのめり込む

丁度そうしたギャップを感じ始めた頃から、私はよく小説を読むようになっていた。以前は大して読書に興味がなかったが、十四歳の時に、三島由紀夫の『金閣寺』にショックを受けて以来、三島文学のファンになり、彼の作品を読むのと同時に、彼が影響を受けた作家の本を読むようになった。こういう読書の仕方は、今でも変わらない。好きな作家が好きだった本というのは、大体、私も好きなものである。

私は特に初期のトーマス・マンが好きだった。私が感じていたような周囲とのギャップという意味では、太宰治でも良かったのかもしれないが、自分が疎外されている世界を、敵意を持って否定的に描くのではなく、むしろ憧れとともに、明るく肯定的に描くところに、マンの独特の魅力があった。

私がさっき書いたように、自分の状況を、個人と社会との矛盾として理解するようになったのは、主にマンの影響である。

私は、『ブッデンブローク家の人々』や『トニオ・クレーゲル』、『道化者』といった小説を読みながら、ここに自分がいる！と感動に打ち震えていた。書かれた時代も場所もまったく違うのに、どうしてこんなに俺の気持ちがわかるのか？　当時はまだネットもなかったから、小説は、自分の生まれ育った時代や場所から解放してくれる、最も身近な存在だった。

そのうち私は、家で本を読んでいるときの自分こそは「**本当の自分**」で、教室で友達と笑い合っているのは、「本当の自分」じゃないんだと思うようになった。文学を愛し、美に憧れている自分こそが本当で、学校にいる時の自分は、表面的に仮面をかぶって、周りに合わせているだけなんだと。

「本当の自分」とは何なのか

十代にありがちな思い込みから、当時はこれを、私に特別なことのように感じていたが、恐らく、似た経験を持っている人は多いだろう。過去ではなく、今現在、まさしくそうだという人もいるに違いない。

日常のいろいろな場面で、居心地の悪さを感じたときに、「場の空気」に合わせたキャラを演じることで、その場を切り抜ける。そうしてあとで、あれは「本当の自分」じゃないんだと言い聞かせる。

こんなふうに、「**本当の自分**／**ウソの自分**」というモデルは、手軽でわかりやすい。このモデルでは、「本当の自分」と「ウソの自分」とのあいだに、明確な序列があり、価値を持つのは「本当の自分」の方である。嫌々ながら、愛想笑いで切り抜けたのは、その場限りの表面的な自分だった。学校で何となく満たされない、刺激に飢えている自分は、かりそめの姿に過ぎない。そう割り切ることで、「本当の自分」の価値を守ろうとする。

しかし、このモデルには厄介な問題がある。

私は、今こんなことを書いていて、中学や高校時代の友人が、この本を読んだなら、どう思うだろうかと、ちょっと胸が痛んでいる。「平野は俺たちと楽しそうに喋ってたけど、あれはただ、適当に合わせてただけで、本当は全然、楽しくなかったのか？」——いや、決してそうではなかった。楽しかった。でなければ、今に至るまで、彼らとの友情が続くはずがない。そして、この「本当の自分／ウソの自分」というモデルの問題は、まさにここにあるのだ。

キャラというのは演じられた自分であり、仮面というのは、使い捨てのかりそめの顔である。私の中には、それを演じている「本当の自分」があり、かぶっている仮面の下には「素顔」がある。——もしそうだとするなら、相手も同じだろう。

だとすると、私たちの人間関係とは、一体何なのか？　さっきまであんなに親しくしていた友人や恋人との会話は、全部上っ面の、見せかけだけのものだったのか？　自分は「本当の自分」を、とうとう隠し通したまま、「ウソの自分」で、中学や高校の同級生と付き合い続けていたのか？　そして、相手もまたそうだったのか？
そうではないだろう。確かに小説は好きだったし、学校では満たされないものを感じてもいた。しかし、だからといって小説だけ読んでいれば、「ウソの自分」を生きなくていいと、孤独な幸福感を感じていたかというと、必ずしもそうではない。私は何だかんだで、皆勤賞に近いくらい、毎日学校に通っていた。

コミュニケーションは、シンプルであることが理想である。お互いが仮面同士、キャラ同士でやりとりをしていて、「本当の自分」はまた別だというようなややこしい関係は、大いにストレスとなる。この人のこの笑顔は、信じても良いものだろうか？　今言ったことは本心だろうか？　そんなことを疑い出すと、誰と接していても、警戒を解くことができないし、その関係をシニカルに捉えるようになってしまう。

そして、最大の問題は、では、「本当の自分」とは何なのか、ということである。キャラや仮面が表面的な「ウソの自分」だとするなら、どこかに「本当の自分」がなければならない。

揺るぎない、確固たる自分を探さなければならない。不安定に流されてしまうことのない、自分の本性を知らなければならない。自我を確立しなければならない。
そんなお題目のために多くの人が悩み、苦しんでいる。しかし、「本当の自分」とは、一体何をもって「本当」と言うのだろうか？

私たちはキャラを演じ分けているのか

そもそも、私たちは、そんなに意識的にキャラを演じ分けたり、仮面を身につけたり出来るのだろうか？　心の動きや感情はどうなるのだろう？　二十世紀の無意識の発見は、一体何だったのか？　汗をかいたり、心拍を速くしたりといった自律神経の働きは？

以前に私は、一年間、パリで生活したことがある。当時は、フランス語の読み書きは多少出来たが、会話はサッパリだったので、しばらく語学学校に通うことにした。申し込みに行くと、その場でクラス分けの試験があった。試験といっても、フランス語で自己紹介をして、簡単な質問に答えるだけである。

私は実は、パリ到着後の数日間、色々と人に会う用事があって、自己紹介だけは何度もやっていたので、妙に流暢になっていた。もちろん、予《あらかじ》め辞書で必要な言い回しなどを調べておいて、こっちから一方的に喋るだけである。それで、この面接の時も、淀みなくスラスラと自己紹介をした。

結果、困ったことに、私は一番上のクラスに入れられてしまった。私は自分の実力をよく知っていたので、無理です、と慌てて言ったのだが、面接をした女性の校長は、「日本人はみんなそう言うけど、大丈夫。私の二十年の教師生活の経験から言って、あなたは一番上のクラスです！」と取り合ってもらえなかった。

授業は少人数制で、その一番上のクラスには、六人しか生徒がいなかった。私以外は、全員ドイツ語圏のスイス人だった。スイスの公用語はフランス語とドイツ語なので、ドイツ語圏とは言っても、彼らは子供の頃から、学校で英語と同じようにフランス語を勉強している。当然、喋らせてもかなり上手い。私は予想通り、完全に落ちこぼれてしまった。

授業は輪になって行われたが、私はものすごく久しぶりに、自分の当てられる問題を必死で先回りして調べるというようなことをやった。しかも、途中で誰かが間違うと、その問題が次の生徒に回されて、順番がズレてしまうので、また慌てふためくことになる。そんな情けない緊迫感を懐しがる余裕もなかった。

私は、やっぱりクラスを替えてもらおうと思ったが、無理してでもついていけば、上達も早いのだろうかと考えて、しばらくはそのクラスに留まり続けた。面接をした校長も、替える必要はないという考えだった。

そのうちに、私は段々、自分がヒドく陰気な人間になっていくのを感じた。授業中もパッとしない。休み時間に、他の生徒と喋ろうと思っても、彼らは彼らで気楽にドイツ語で話している。大体、あまり笑わない人たちだったが、話しかけても会話は弾まず、冗談の一つさえ言うことができない。子供の頃から口が達者だった私は、言葉が不自由というのは、こんなに苦しいことなのかと、今更のように身に染みて感じさせられた。

毎日、陰々滅々たる気分（！）で学校をあとにしていた私は、よく、パリで暮らす日本人の友達と、オペラ座近くのラーメン屋に昼御飯を食べに行った。すると、私は一瞬にして快活になって、「いやー、もう、エライ目に遭ってるよ」と、語学学校での様子を、おもしろおかしく饒舌に語った。

私は結局、しばらくして、一つ下のクラスにレヴェルを下げてもらったのだが、そこはまた、思った以上にみんな喋れなくて――どうして中間がない⁉――私は急に優等生になった。日本人も数名いて、お陰で私は、語学学校でもようやく明るい表情を取り戻した。

さて、そこで考えるのだが、このときの私は、語学学校では「陰気なキャラ」を演じ、日本人の友人の前では「快活なキャラ」を演じていたのだろうか？

当然、違う。私は何も、好き好んで、語学学校では陰気なキャラで行こう！などと決めたわけではない。出来れば明るい自分でいたかったが、自然と暗くなったのである。あの時同じクラスだったスイス人たちは、もう私のことなど忘れているだろうが、もし覚えていたとしても、「内気で、暗い人」という印象しかないだろう。

そして、無論、私は日本の友達の前で、あえて快活なキャラを演じていたわけではない。やはり、無意識のうちに、勝手にそうなっていた。語学学校で、わざとイヤな気分になろうとしたわけでもなければ、ラーメン屋で明るさを捏造したわけでもない。感情は、私の意識とは別に勝手に変化していた。それぞれの人格も、決して意図的に操作していたわけではなかった。

新旧の友人が同席したとき

「分人」という造語について、別に、従来のキャラとか仮面といった言葉で十分なんじゃないかという指摘を何度か受けた。しかし、キャラを演じる、仮面をかぶる、という発想は、どうしても、「本当の自分」が、表面的に仮の人格を纏《まと》ったり、操作したりしているというイメージになる。問題は、その二重性であり、価値の序列である。

もうしばらく、私自身のエピソードにつきあってもらいたい。

京大に通っていた頃、郷里の北九州の友人が遊びに来たことがあった。高校の同級生で、何日間か、私の部屋に泊めてやったのだが、丁度、大学の友人たちと焼き肉を食べに行く予定だったので、何の気なしに彼も連れて行った。

しかし、私はそのことを、あとでちょっと後悔した。大学の友人と高校の友人とは、お互いに初対面だった。共通の話題と言えば、ひとまず、私の話しかない。大学の友人たちは、高校時代の私がどんなふうだったのか、好奇心に駆られて尋ねるのだが、そのやりとりを端で聞いている私は、何とも言えず、居心地が悪かった。

高校の級友が、こいつは昔は、こうだったよ、ああだったよと色んな話をする。別に、悪事の数々を暴露される、というわけでもなかったが、その度《たび》に、一々大学の友人が、へえー、と大袈裟に驚いて、今はこうだ、ああだと、その違いを面白がっている。私は苦笑しながら、「まあ、もう、昔の話だから」とか何とか言って、焦げかかっている肉の世話でもするフリをしながらごまかしていた。複雑だったが、強いて言うなら、やっぱり「恥ずかしい」という感覚だった。

しかし、どうして「恥ずかしい」のだろう？

私はその時、彼らとの会話もややこしかった。高校の友人と話す時には、なんとなく、彼との会話の口調、彼といる時の態度になっている。第一、地元の北九州弁だ。で、大学の友人に喋りかける時には、やっぱり彼ら向けの自分になっている。ノリが違う、と言うのか。終いには酒も入って、場も和《なご》んで終わったが、私の結論としては、大学の友人とは大学の友人だけで、高校の友人とは高校の友人だけで会った方が気楽で良いな、というものだった。

この話を人にすると、似たような経験は確かにあると、共感してくれる人が多かった。

これは、人間のどういう心の動きなのだろうか？

一つには、成長があるだろう。小学生の頃の作文を、大人になって人前で読まれたりすると、照れ臭いというのは、確かにある。しかし、その考え方で言うなら、大学の友人との自分は恥ずかしくなく、ただ、高校時代の自分だけが恥ずかしいということになる。しかし、私は、大学での自分の話を、高校の友人に聞かれて、「偉うなったもんやの、お前も」などと、からかわれているのもまた、結構恥ずかしかった。

もし、大学の友人との自分こそが今の自分で、高校時代の自分は、もう過ぎ去った、過去の幼稚な自分でしかない、ということなら、私の本質的な性格が変わった、ということになる。「本当の自分」に、成長と共に変化が生じたのだと理解されるだろう。ところが、私は自宅の学生マンションで高校の友人と二人きりの時には、すっかり高校時代の自分になっていた。つまり、私の中には、その二つの人格が同居していたのである。

私はでは、大学の友人向けのキャラと、高校の友人向けのキャラとを、それぞれに演じていたのだろうか？

恐らく、「恥ずかしい」という感覚の根本は、そうした発想にある。「高校デビュー」、「大学デビュー」などと、よく言われるのは、中学、高校までは地味で、冴えない生徒だったのが、高校や大学に進学した途端、昔を知る人間がいないのをいいことに、突然「キャラ変え」して、別人のようにイケイケになる現象だ。それは、「イタい」、「恥ずかしい」こととされている。なぜなら、本当はそんな人間ではないクセに、無理をして、新しいキャラを演じているのだから。その不自然さに、ちょっと痛ましい感じさえ覚えてしまう。

しかし、パリでの語学学校の例と同様、私はやっぱり、別に高校時代にあえて何かのキャラを演じていたわけではないし、大学に入ってからも意識的に新しい仮面をかぶった覚えもない。ただ、その環境の中にいるうちに、自然とそういう自分になったというに過ぎない。「再デビュー」というほどの意気込みもなかった。違って見えたのは、あくまで結果論である。もちろん、新しい人間関係に順応しようと意識的だった部分もあるに違いない。しかし、すべてをその都度、コントロールし尽くすことなど出来るはずがない。そういう無理は長続きせず、すぐに綻《ほころ》びが出るだろう。私の変化には、多分に無意識的な部分も関わっていたはずである。

そして何より、私は中学時代のように、学校で彼らと接していた自分は、どちらも「本当の自分」ではない、とは思わなかった。もし、あの日焼き肉屋で、忙しく同時に生きていた自分が、どちらも「ウソの自分」だというのなら、「本当の自分」とは何なんだろう？　そんなものがどこかにあるのだろうか？

もし、人間は、対人関係ごとに色んな自分を持っている、そして、それはキャラや仮面ではなく、すべて「本当の自分」だ、ということが、当然のこととして理解されていたなら、彼らは高校時代の私と、大学時代の私との違いに、一々大袈裟に驚かなかっただろう。なぜなら、その違いの原因は、彼ら自身だからである。私も別に「恥ずかしい」と感じることもなく、「お前らと一緒にいたらそうなった」と言って終わりだったのではないか？

他にも例は色々とある。私は仕事相手とは真剣に込み入った話をするし、時には厳しい態度にもなるが、実家の高齢の祖母と話す時には、口調も表情も性格も全く違う自分になっている。別にそれは、祖母向けのキャラをあえて拵《こしら》えているわけではない。自然とそうなっている。尊敬する作家と喋っている時の私は、家で子供をあやしている時の私とは別人のようだが、私はその原因となっている緊張やくつろぎを自分ではコントロール出来ない。否応なくそうなってしまう。そして、それらは、私の中に常に複数同居している自分としか考えようがない。

ネットの中では別人？

核心に迫ってきたところで、ネットとの関係を見ておこう。

インターネットが本格的に広がり始めた二〇〇〇年代初頭のこと、私は、友人が書いているブログを読んで、驚いたことがある。

ふだんは穏やかで、どちらかと言うと口数の少ない彼は、ブログではやたらと饒舌で、聴いた音楽や読んだ本の批評など、かなり辛辣だった。端々に書かれている事柄から、間違いなく、私の友人だったが、話題の選択といい、語り口といい、私の知っている彼とはまったく別人のようだった。ビックリしたのは私だけでなく、共通の友人たちも、「アイツ、本当はああいうヤツだったんだなあ」と、呆れたような顔で言っていた。

ネットが更に普及するにつれて、その後も何度かこういうことがあった。ミクシィの日記でも、ツイッターでも、現実に私が知っている姿と、ネットの中の姿とは必ずしも合致しない。

そのうちに、まったく驚かなくなった。

人には色々な顔がある。――それは、ネットが登場する以前から、多くの人が知っていた。しかし、それが可視化されたインパクトは、決して小さくなかった。私と接していない場所で、その人がどんな様子なのかは、かつてはまったく知る機会がなかったからである。その場に私が立ち会ってしまえば、また私向けの顔が覗くだろう。

では、どうして、ネットの中の彼が「本当」の姿と見えたのだろうか？　そこで前提となっていたのは、やはり、「本当の自分／ウソの自分」というモデルである。

「ウソの自分」とは、他人に同調して、表面的に演じ分けている姿、というイメージだ。従って、誰もいない部屋の中で、一人孤独に書いているブログの文章こそが、彼の本音であり、本当の姿なのだろうというのが、この時の推察だった。

逆に、「あれはキャラを作っている」という友人もいた。自分たちが普段接しているアイツこそが「本当」の姿で、あのブログはネットのノリに合わせて書いているだけなのだと。

どちらも一理ある気がしたが、話していればいるほど、どっちが「本当」の姿なのかと決めようとしていること自体が、不毛に思えてきた。彼のブログは、確かにネット的なノリで書かれている。しかし、真情が綴られていると感じさせられる部分もある。他方で、私たちとの付き合いにしても、私たちのノリでつきあいつつ、別にウソで自分を偽り続けているという感じもしない。

結局、どっちも「本当」なんじゃないのか？

現在のように、グーグル＋《プラス》やフェイスブックで、友達をグループ分けして、誰に対して、自分のどんな一面を見せるかを当たり前のようにコントロールしている若い人たちにとっては、ネット登場時のこうした、リアル人格vs.ネット人格の真贋論争は、バカげた話のように聞こえるかもしれない。しかし、しつこいようだが、「個人」が持っている色々な顔が、こんなふうに初めてあからさまになった時、私たちの社会は、それをやはり、ウラの顔だとか、二重人格だとか、色々とネガティヴに詮索するより外なかったのである。その傾向は、現在でも必ずしもなくなったとは言えないだろう。

一面は本質ではない

反対に、私自身のことがネットに書かれて、違和感を覚えたこともあった。

ある時私は、小説のインタヴューに来ていたライターと、雑談で、昔のハードロックやヘビーメタルの話で盛り上がったことがあった。ギターを弾いていた十代の頃、私はその手の音楽にかなりハマッていて、中学時代は、毎月『BURRN!』という専門誌を隅から隅まで読んでいた。教室で孤独だったという話を書いたが、音楽の話をしている時はいつも楽しかった。

そのことがよほど印象的だったのか、あとでそのライターは、自身のブログの中で、「平野啓一郎は、クラシックでもジャズでもなく、本当はメタルマニアで、メタルの話しかしなかった！」と書いていた。

好意的な書き方だったが、正直、そう言われると、ちょっと抵抗があった。私は基本的に音楽は何でも好きだが、メタルは今では極《ごく》マレにしか聴かない。ライヴにも行かないし、知識も九〇年代半ばくらいで止まっている。

だから、「本当はメタルマニア」で、ジャズやクラシックが好きな私は、「ウソの姿」だと言われると、妙な感じがする。私が一番詳しい音楽家は、小説の主人公にもしたショパンだし、一番拘《こだわ》って聴き続けているのはマイルス・デイヴィスだ。彼とメタル談義で盛り上がったのは、それが**共通の話題**だったからである。ショパンの好きな人とは、私はショパンの話をするし、マイルスが好きな人とはマイルスの話をするのが楽しい。

私は、彼の前での私が、「本当」の私だと、本質を規定されることを窮屈に感じた。自分には、彼の知らない、もっと別の顔もある。もちろん、彼の前で話したことは、すべて「本当」である。しかし、クラシックが好きな私も、ジャズが好きな私も、同様に本当である。

似た体験として、こんなこともあった。

ある時、私は「ＩＴと文学」というテーマで、地方の講演会に招かれた。

色々と込み入った話を準備していったが、開催日時が平日の昼間で、行くと会場は、パソコンに触ったことさえないような高齢者ばかりだった。

私は手探りで、非常に基本的なところから話を始めたが、そうすると、みんな、なるほど、なるほどと、頷きながら熱心に聴いてくれる。そのペースで喋り続けたせいで、予定していたほど先へは進めなかったが、仕方がないと思っていた。

ところが、その講演録は、新聞に掲載されることになっていた。そして、それを読んだどこかの若い人が、「平野はITについて講演なんかしてるが、言ってることは誰でも知ってるような話ばかりじゃないか」とブログで書いているのを目にした。

会場の様子を知らない人が読めば、そう思うのも、無理はない。

コミュニケーションは、他者との共同作業である。会話の内容や口調、気分など、すべては相互作用の中で決定されてゆく。なぜか？　**コミュニケーションの成功には、それ自体に喜びがある**からである。

しかし、右に挙げた例のように、その中のどれかの自分を、恣意的に「本当の姿」だと決められてしまうことに、私たちは抵抗を感じる。だからつい、アレはあの場だけの表面的な自分だったと考えそうになる。そういうキャラを演じ、仮面をかぶっていただけだ。

「本当の自分」は、もっと色んな音楽が好きなのだ、もっとＩＴについて詳しいのだ、と。

私たちは、**他人から本質を規定されて、自分を矮小化されることが不安**なのである。

「本当の自分」幻想がはらむ問題

話を一旦整理しよう。

人間には、いくつもの顔がある。——私たちは、このことをまず肯定しよう。**相手次第で、自然と様々な自分になる。**それは少しも後ろめたいことではない。どこに行ってもオレはオレでは、面倒臭がられるだけで、コミュニケーションは成立しない。

だからこそ、人間は決して唯一無二の「(分割不可能な)個人 individual」ではない。複数の「**(分割可能な)分人 dividual**」である。

人間が常に首尾一貫した、分けられない存在だとすると、現に色々な顔があるというその事実と矛盾する。それを解消させるには、自我(＝「本当の自分」)は一つだけで、あとは、表面的に使い分けられたキャラや仮面、ペルソナ等に過ぎないと、価値の序列をつける以外にない。

しかし、この考え方は間違っている。

理由その一。もしそう考えるなら、私たちは、誰とも「本当の自分」でコミュニケーションを図ることが出来なくなるからだ。すべての人間関係が、キャラ同士、仮面同士の化かし合いになる。それは、**他者と自分とを両方とも不当に貶《おとし》める錯覚**であり、実感からも遠い。

理由その二。分人は、こちらが一方的に、こうだと決めて演じるものではなく、あくまでも**相手との相互作用**の中で生じる。キャラや仮面という比喩は、表面的というだけでなく、一旦主体的に決めてしまうと硬直的で、インタラクティヴでない印象を与える。

しかし、実際に私が実家の祖母や友人との間にそれぞれ持っている分人は、長い時間をかけたコミュニケーションの中で、喜怒哀楽様々な反応を交換した結果である。また**関係性の中でも変化し得る。**何年も経てば、出会った頃とは、お互いに口調も表情も変わっているだろう。それを一々、仮面を付け替えたとか、仮面が変容したとか説明するのは無理がある。この点について、詳しくは第2章で論じることにしたい。

理由その三。他者と接している様々な分人には実体があるが、**「本当の自分」には、実体がない**からだ。――そう、それは結局、幻想にすぎない。

私たちは、たとえどんな相手であろうと、その人との対人関係の中だけで、自分のすべての可能性を発揮することは出来ない。中学時代の私が、小説を読み、美に憧れたり、人間の生死について考えたりしていたことを、級友と共有出来なかったのは、その一例である。だからこそ、どこかに「本当の自分」があるはずだと考えようとする。しかし、実のところ、小説に共感している私もまた、その作品世界との相互作用の中で生じたもう一つ別の分人に過ぎない。決してそれこそが、唯一価値を持っている自分ではなく、学校での顔は、その自分によって演じられ、使い分けられているのではないのだ。

分人はすべて、「本当の自分」である。

私たちは、しかし、そう考えることが出来ず、唯一無二の「本当の自分」という幻想に捕らわれてきたせいで、非常に多くの苦しみとプレッシャーを受けてきた。どこにも実体がないにも拘らず、それを知り、それを探さなければならないと四六時中嗾《そそのか》されている。

それが、**「私」とは何か**、という、アイデンティティの問いである。

「個性の尊重」

雑誌の占い特集や自己啓発書などでしょっちゅう目にする「本当の自分」という言葉。

これとセットになっているのが、「個性」である。そして、個性とは、一人一人の「個人」に特徴的な性質のことである。

私たちは、自分の中に、何か人とは違う個性的なところを見つけたいと願い、人に左右されず、その個性を大切にしたいと思っている。

にも拘らず、その個性がわからないというのは、いつでも煩悶の種だ。

一体、個性とは何なのか？

文部科学省（当時の文部省）の中央教育審議会で、「個性の尊重」が明確に目標として掲げられるようになったのは、一九八〇年代前半のことである。七五年生まれの私が小、中学生になったころには、教育現場でも、やかましいくらいに「個性を伸ばせ」、「個性的に生きなさい」と言われていた。

私が属する団塊ジュニア世代は、そもそも人数が多く、受験戦争も激化の一途を辿っていたので、詰め込み式の画一化教育からの脱却という問題意識自体は、真っ当だったと思う。しかし、年がら年中、念仏のように聞かされていた「個性」という言葉は、まったくもってうっとうしかった。

そもそも、個性的に生きろと言われても、その年頃の子供は、何をどうして良いのかわからない。みんな同じ制服を着て、朝から夕方まで、同じカリキュラムに従って勉強している。部活動でもすれば、個性的ということなのか？　仕方がないから、髪型に凝ってみたり、制服を改造してみたりすると、それは個性を履き違えている！と、職員室に呼び出されたりする。

個性というのは、実のところ、誰にでもある。まったく同じ人間は、この世の中に二人といない。ものの見方から感じ方、考え方まで、十人十色である。そして、際立って個性的である人は、社会との軋轢も大きくなる分、苦しむことも多い。自分は周りから浮いていると感じる人は、むしろ平凡さにこそ、憧れるものだ。

結局、教育現場で「個性の尊重」が叫ばれるのは、**将来的に、個性と職業とを結びつけなさい**という意味である。自分のやりたいことを見つけなさい、努力して夢を実現しなさい。社会に出て、自分のしたい仕事をすることこそが個性的に生きる、という意味だ。自分の個性を発揮するのは、まさにその時である。……

とはいえ、自分のしたいことが、そんなに簡単にわかるわけがない。若いのに、夢も目標もないのかと言われるが、職業の多様性は、元々は、社会の必要に応じて生じたもので、色々な個性の人間がいるから、それを生かせるように多様な職業が作られた、というわけではない。手紙を届けるのが得意な人がいるから、郵便局が作られたのではなく、手紙のやりとりが必要だから、郵便局が作られ、そこで働く人が求められているのである。そして、**職業の多様性は、個性の多様性と比べて遥かに限定的**であり、量的にも限界がある。

繰り返すが、個性は誰にでもある。問題は、職業とのマッチングである。それがわかりやすい人はいい。しかし、漠然とした自分の個性が、一体、何の職業と適合的なのか、なかなか見えにくい人もいる。何かをしたいという気持ちは、身悶《みもだ》えするほど強い。しかし、それが何かがわからない。私自身にも、そういう時期があった。

私たちには、「職業選択の自由」がある。しかし、それは同時に、「**職業選択の義務**」でもある。なぜなら、私たちの社会は、必要に応じて様々に機能分化し、誰かがその役割を担わなければ、不都合だからだ。農業や漁業の後継者問題がよく取り沙汰されるが、農業や漁業に向いている人は、農業や漁業をしてもらわなければ困るのだ。

そして、この義務を果たさない人間の「個性」を、社会はなかなか承認してくれない。社会的な分業の一環として、それは、役に立ってない個性だからだ。

夏目漱石は、「私の個人主義」という有名な講演録の中で、こう語っている。

「私は始終中腰で隙があったら、自分の本領へ飛び移ろう飛び移ろうとのみ思っていたのですが、さてその本領というのがあるようで、無いようで、どこを向いても、思い切ってやっと飛び移れないのです。

私はこの世に生まれた以上何かしなければならん、といって何をして好いか少しも見当がつかない。私はちょうど霧の中に閉じ込められた孤独の人間のように立ち竦《すく》んでしまったのです。」

学生時代の私が非常に共感した一節だ。

アイデンティティ・クライシス

それでも何とか、やりたい仕事が見つかったとする。ところが、私が大学を出る一九九八年、九九年ごろは、元々大学生の数が非常に多かったにも拘らず、バブル崩壊後の不況のせいで、就職超氷河期だった。職業を通じて自己実現し、社会の中で十全に個性を発揮して生きたいと思っていたのに、自分の希望通りの職業につけないという人が続出した。これは、今日でも多く見られる事態である。

アイデンティティを考える上で、社会的な属性は大きな意味を持っている。自分の個性を、社会が役に立つものとして、認めてくれている、という意味だからだ。

しかし、社会の中に居場所が見つけられないまま、「個性的に生きなさい」という、例のお題目だけが心の中に残り続けている状態は、非常に苦しいものだ。職業＝個性だと考えると、不本意な仕事をすることにも抵抗がある。そんな仕事をするのは、「本当の自分」ではない気がする。だからこそ、かりそめにバイトなどで食いつなぎながら、いつか「本当の自分」の「個性」が発揮出来る仕事をしたいと夢見る。

漱石の先ほどの講演には、後段、次のような一節がある。

「ああここにおれの進むべき道があった！　ようやく掘り当てた！　こういう感投詞を心の底から叫び出される時、あなたがたは始めて心を安んずる事ができるのでしょう。」

アイデンティティの動揺は、時代を問わず、誰もが成長のプロセスで経験する。「私って何？」という自問を、一度もしないまま大人になる人はいないだろう。そして、それが定まらないというのは、恐ろしく苦しい。振り返ってみても、将来がまったく漠然としていた私自身の大学時代も、何とも言えず暗かった。

漱石の言う通り、自分の「個性」を発揮できる仕事に就ければ、その動揺はある程度鎮まるだろう。

他方、仕事に不満でも、消費を通じて自分のアイデンティティを確認するという方法もある。自分はどんな車に乗っていて、どこのブランドの服を着ていて、拘り抜いたこんな家に住んでいる。これが、自分という人間だ、と。

しかし、経済状態の悪化は、その両方の可能性を圧迫する。アイデンティティ・クライシス自体は近代以降の普遍的な現象だが、それが過剰に煽られる時代もある。

ネットを通じての活動は、そのいずれでもない方法で、今日、私たちのアイデンティティの安定に寄与しつつある。しかし、まだそれも手探り状態だった二〇〇〇年前後には、雑誌の特集などで「本当の自分」というキーワードがやたらと目についていた。

引きこもりと自分探し

そうした中、私の世代に最も多く見られた現象が二つあった。

「引きこもり」と「自分探しの旅」である。

引きこもりは、対人関係をいっさい遮断して、文字通り家に引きこもることである。実家にいるのかどうか、近所のコンビニ程度なら出かけるのか、ネットでは人と交流があるのか、色々なケースがあるだろうが。他方で、「自分探しの旅」は、典型的には海外に行って、まだ知らぬ人々との交流を通じ、「本当の自分」と出会おうとすることだ。片や内向きのベクトル、片や外向きのベクトルと、方向性としては真反対である。しかし、両者には共通点がある。いずれも、この日本社会の中に居場所を見つけられない、というところだ。

引きこもりは、しばしば、単なる甘えだとか、社会性の欠如だとかいった、批判の対象とされた。また、自分探しの旅は、「自分はここにいるのに、いったい何を探すんだ？」と、ヘンな夢でも見ているように揶揄《やゆ》された。

しかし私は、ここまで語ってきた通り、こういう現象がなぜ起きているのか、痛いほどにわかる気がした。

アイデンティティが不安定だからこそ、「かりそめの自分」に翻弄されたくない。漠然としているからこそ、確固とした「本当の自分」を追い求める。

引きこもりや自分探しの旅は象徴的な現象だが、この願望は、真綿で首を絞めるように青年期の人間を苦しめる。

夢を持ちなさい。自分が本当にしたいことは何か、よく考えなさい。そのためには、「本当の自分」を知らなければならない。その自己を社会的に実現するのが職業だ。目標に向かって努力している人は立派だ。目標も持てない人間は、人生に対する真剣さが足りない。……

大学時代、私が人から訊かれて一番苦痛だったのが、「将来、何になりたいの？」という質問だった。その問いに爽やかに即答できる人たちのことが心底羨ましかった。

私は結局、小説家になり、そのお陰で少なくとも職業選択の不安はなくなったものの、アイデンティティを巡る動揺は、必ずしも治まらなかった。

自分の多面性の自覚は次第に強くなっていって、先の音楽の趣味の逸話のように、人から本質を規定されることに対しては、強い反発を覚えていた。作風も文体も、一作ごとにコロコロ変わっていたが、決して「ただやってみた」という表面的な試みではなく、いずれも強い必然性に衝き動かされていた。

その一方で、そもそも、隣にいる人間とは違うふうに感じ、考え、生きている自分の存在は、どうしても否定しがたかった。それこそが、私という「個人」の自我であり、個性であり、核となる「本当の自分」なのではないか？　私はその自分を足場にして、世の中と向き合い、人と接しているのではないだろうか？　私はその自分が人とは違っていたがために、子供の頃から思い悩むことが多かったのではないか？

この問題は、創作とも関係していた。小説で、ある登場人物を描くということは、その人間の〝本質〟を表現することのはずだからである。

そんなわけで、私は自分の切実な疑問を、小説を書くことを通じて、考えていくことにした。ある意味で、私は仕事場に「引きこもり」、また様々な主題を巡る「自分探しの旅」に出たようなものだった。

「本当の自分」などないと言われても……

実のところ、私が大学生の頃までは、まだポストモダン・ブームが辛うじて続いていて、主体性の解体が論じられ、ここに記した「本当の自分」への拘りなど、まったく反動的で、時代錯誤な悩みとされていた。

その手の本を、実際にどのくらいの人が読んでいたのかはともかく、俗流の手軽な説明として、当時よく語られていたのは、人間は桃ではなく、タマネギなのだ、といった話だった。桃は真ん中に種がある。そんなふうに、人には確固とした自我（＝「本当の自分」）があり、主体があるように思われているが、実は、タマネギの皮のように、偶然的な社会的関係性や属性を剝ぎ落としていった先には、何も残らない。つまり、「本当の自分」などないのだ、と。

しかし、大学生の私は、そんな理屈を幾ら聞かされても、まったくありがたくなかった。むしろ、強い嫌悪感を覚えていた。じゃあ、現にこうして感じ、考えているこの俺は一体何なのか？ それに、将来の職業のことは、やはり切実だった。

私は森鷗外が大好きだが、彼は「仕事」を必ず「為事《しごと》」と書く。**「仕える事」ではなく、「為《す》る事」**と書くのである。私はこの発想を気に入っていた。人間は、一生の間に様々な「事を為《す》る」。寝て起きて、食事を摂って、本を読んだり、映画を見たり、デートをしたり「為る」。**職業というのは、何であれ、その色々な「為る事」の一つに過ぎない**が、ただ、一日二十四時間、死ぬまでの何十年だかで、最も長い時間を費やす事であるには違いない。だからこそ、自分の本性とマッチしたものでなければ、耐えられないはずだ。

変身願望

ここからは、私が小説を通じて、どうやってこの問題を考えてきたかを、しばらく一緒に見てもらいたい。まったく手探りの歩みだっただけに、順を追って、一緒に問題を整理していけるのではないかと思う。

デビュー作の『日蝕』で、私は、中世末期のヨーロッパの異端審問を通じて、神と人間との関係、そして、人間と「魔女」との関係を描いた。**人間が「(分割不可能な)個人」だという発想は、そもそもは一神教に由来するもの**である。一なる神と向かい合うのは、一なる人間でなければならない。しかし他方で、日常生活の中の人間同士の関係もある。「魔女」というのは、社会が異質な存在として排除しようとした人々のことである。

近代の揺籃《ようらん》期である十九世紀半ばを舞台とした第三作目の『葬送』では、「神は死んだ」ものとして、代わりに芸術に「本当の自分」を捧げつつ、激動する現実社会を生きようとするロマン主義芸術家——ショパンとドラクロワ——を主人公にした。順序は前後したが、第二作目の『一月物語』では、「個人」という新しい考え方を輸入した明治時代の青年の苦悩が描かれている。

現代のアイデンティティの問題を、最初に直接扱ったのは、二〇〇三年に発表した「最後の変身」という短篇小説だった(『滴り落ちる時計たちの波紋』所収)。

私は、カフカの有名な『変身』という小説を、引きこもりの物語として読み直せると思っていた。虫への変身というショッキングな出来事にのみつい目が行きがちだが、あそこで起きていることは、不可解な理由で主人公が部屋から出られなくなり、その面倒を家族が看ているという状況である。

職業こそが、個人が「本当の自分」を実現する唯一の手段だと考えるなら、その職業を失った人間は、社会からどう見られるのだろう？　自分自身は、その姿をどう見つめるのだろうか？

職業というのは、確かに、一人一人の曖昧模糊とした「個性」に、見やすい形を与えるものである。社会は、その形を通して、その人物を認識する。にも拘らず、その職業が、「本当の自分」の姿と合致していないと感じている人を、社会はどう認識するのだろうか？　ウラの顔がある、と見なすだろうか？

引きこもりとなった主人公は、『変身』を読んでこう考える。カフカは、日中は労災保険局の役人として働いていたが、その仮面の下には、もっと曖昧模糊とした「本当の自分」が隠されていた。それを、社会は不気味に想像する。だから、「虫」に喩えたのではないか。突然、会社に行けなくなって、社会的な属性を失ってしまった自分は、今このザムザのような状況にあるのではないか、と。

主人公は、そこから、学校では明るく振る舞っていたけれど、いつも、「本当の自分」

はそうじゃないと違和感を感じていた過去を振り返り始める。そして、他人に調子を合わせる必要もなくなった、孤独な部屋の中で、「本当の自分」を見極めようと身悶えする。彼は、あらゆる人間関係の中の自分を、表面的に演技していただけと否定してゆく。しかし、どれほど考えてみても、「本当の自分」というのはわからない。……

私は、この小説を、どうしても希望に満ちた形では結べなかった。「本当の自分／ウソの自分」というモデルを、一度、徹底して考え抜いた末に、私はやはり、この発想自体に無理があるのだと、ようやく自分自身で実感するようになった。

匿名性というより匿顔性

次にネットとの関わりで「本当の自分」について考えたのは、『顔のない裸体たち』（二〇〇六年）という小説である。

私はある時、ネット上で、とても変わった写真を目にした。

どこかの小学校の校庭らしく、いい天気の日中で、子供たちが体育の授業をしている。そこに一人の女性が立っている。彼女はなんと、全裸だった。ただし、顔だけはモザイクで隠されている。体つきからして三十代くらい。髪は黒く、どちらかというと地味な雰囲気だった。

私は、このシュールな光景に目を丸くした。ネットがブロードバンド化して、ようやく画像や動画のやりとりが手軽になった時期で、検索すると、こんなふうに自分や恋人の裸の写真を投稿するマニアのサイトが幾つも出てきた。

写真は、おとなし目のものから過激なものまで様々だったが、いずれも顔だけは慎重に隠されている。私はそれらを眺めながら、これは、写っている人にとっては、恥ずかしいことなのだろうか?と、考え込んでしまった。

普通に想像すれば、恥ずかしいに決まっている。投稿写真には、コメントや閲覧者数が表示されていて、中には何万人もの人が見ている写真もあった。満員の東京ドームのステージで全裸になれと言われれば、誰でも恥ずかしいだろう。

しかし、そうした写真の被写体が誰なのかはわからない。ネットの匿名性については、よく議論される。匿名だから、どんな酷い書き込みでもできてしまう。誰が書いたかを特定されて、その人の信用が傷つくようなことがないからだ、と。それと同じように、顔さえ隠されていれば、どんな恥ずかしいことでも、案外平気でできるのだろうか?

その話を人としていて、私は、これまた変わった、あるトイレの話を聞かされた。そのトイレには、ドアがない。その代わりに、仮面が置いてあり、それを着けて用を足すというのだ。もちろん、外から見えてしまう。しかし、顔がわからないから、誰が用を足しているのかは特定できない。見えているのは、排泄という人間一般に共通の行為だけである。あなたが用を足していて、友達にその姿を見られても、あなただとは特定されない。あとで廊下でバッタリ出会《でくわ》しても、さっきトイレにいた人間とあなたとは、同一視されない。すると、恥ずかしいという感情は芽生えるだろうか？　芽生えないのではないか？

私は、残念ながらこの話の出典を忘れてしまった。どこかに本当にそんなトイレがあるのか、あるいは、どこかのアーティストが作った作品か何かか。実際には、服で特定される可能性があるが、私は面白い発想だと思った。

人間には、色々な顔がある。——本書でも、何度か繰り返してきたフレーズである。しかし、実のところ、**色々な人格はあっても、逆説的だが、顔だけは一つしかない。**

テレビのインタヴューで、生真面目に文学の話をしている私と、飲み屋で友達と酔っぱらっている私とは、懸け離れているだろうが、にも拘らず、「あれは同じ平野啓一郎という人間だ」と人が認めるのは、顔が同じだからである。もし顔が隠されていれば、その二つの人格を一つに結びつけるものはないかもしれない。

実際、指名手配犯が一番気にするのは、顔である。街中の人混みの中で、彼らは名前によって見つけ出されるのではない。どんなに名前を変えてみたり、経歴を偽ってみたりしても、顔が同じである限り、あっ！と人に気づかれてしまう。

運転免許証やパスポートでも、顔写真こそが本人確認で必要とされているし、二〇一一年の夏に起きたロンドンの暴動では、テレビに映った顔をフェイスブック上の写真から検索し、参加者を特定するという民間の団体まで登場した。

あらゆる人格を最後に統合しているのが、たった一つしかない顔である。逆に言えば、顔さえ隠せるなら、私たちは複数の人格を、バラバラなまま生きられるのかもしれない。

ネットの裸の投稿者たちは、まさしくその先鋭的な実践者だった。

彼らは自分の裸をできるだけ多くの人に見てもらいたい。しかし、自分をよく知っている会社の上司や家族に、顔と一緒に見てもらうことは決して望まないのだ。

こうした主題をいち早く文学の題材としたのは、『他人の顔』や『箱男』を書いた安部公房である。そして、それらの作品の中でも、性の問題は重要な位置を占めている。

ネットとリアルのあいだ

私はもう一点、最初の写真もそうだったが、自分の裸を投稿している女性たちが、大半は、ごく「普通の」人に見えることに興味をそそられた。服装や部屋の感じなどからしても、特別、奇抜だというわけではない。隣近所に住んでいたとしても、まったく気がつかなさそうである。

『顔のない裸体たち』は、出会い系サイトで知り合った男女が、「顔のない裸体」の投稿にのめり込んでいく姿を描いた小説だが、私は、主人公の女性を、地方の地味で真面目な中学教師にした。イメージしていたのは、貞淑な医師の妻でありながら、不倫によって身を滅ぼしてしまうフローベールの『ボヴァリー夫人』のような人で、ただし、相手の方は、凡庸でありながらも、屈折した性欲の権化のような男にした。

彼女は最初、出会い系サイトで知り合った男の前での自分も、ネット上に写真が投稿されている自分も、「本当の自分」ではない、演じられた、「ウソの自分」だと思っている。ところが、現実生活では、せいぜい数人程度の人間とあっさりとした関係しか持っていないのに、ネット上では、何万人という男から熱烈な声援を受けている。それが奇妙なバランスとなって、つまらない現実の生活にも耐えられるようになる。

そのうちに、どっちが「本当の自分」かわからなくなってしまう。

ネットとリアルという二分法が、人間の内面と外面、裏と表、公私、表面的な仮面と本性、……といったものに対応している、という考え方は、一見わかりやすい。今でも、おとなしい、普通の生徒が何か犯罪を犯して、ネット上に残していた恐ろしいブログか何かが見つかると、マスコミはすぐに、それこそが彼の「正体」であるかのように騒ぎ立てる。本当は、こんな人間だった、なぜそれに気づかなかったのかと。

リアルな世界の自分が「本当の自分」で、ネットの世界の自分は「ウソの自分」なのか、はたまた逆なのか。――中篇の部類に入るこの作品では、そうした二分法が効果的だった。しかし、状況がより複雑になれば、このモデルでは間に合わないだろうというのが、小説を書き終えた私の実感だった。なぜなら、リアルの世界でも、人は当然、様々な人格を持っているし、ネットはネットで、決して平板ではなく、場所ごとに色々な人格になり得る――ならざるを得ない――からである。

リアルとネットとの間に、本当と虚構との境界線を引くことは間違いである。フェイスブックの実名主義で、両者はむしろ、地続きの一つの世界だという認識が日本でも広まりつつある。しかし、私はむしろ、より細分化された状況の方に関心を惹かれた。

生きたいからこそ、リストカット

アイデンティティの問題を、これまでの流れとは少し違った角度から捉え直そうとしたのが、「『フェカンにて』」という小説である（『あなたが、いなかった、あなた』所収）。

先ほど、私の世代に「引きこもり」と「自分探しの旅」という現象が多いということを書いたが、もう一つ、私がずっと気になっているのは、リストカットに代表される自傷行為である。引きこもりが、比較的、男性に多く見られるのに対して、リストカットは、独身の女性に多いとされている。

自傷行為は、一般には、自殺願望、あるいは、自殺未遂として理解されがちである。しかし、もし自殺の意図が明確なら、飛び降り自殺のような絶対に失敗しない方法もある。しかし、リストカットなどは、もしそれが本当に自殺未遂であるなら、むしろ成功の可能性がかなり低い方法である。自傷行為の複雑なところは、本当に死んでしまわないように、自殺的な振る舞いをする点にある。

私自身は、自分の体を実際に傷つけてみたことはない。ただ、十代の頃には、一種の自傷的な夢想癖があって、それは一体、何なのだろうといつも考えていた。「les petites Passions」（『滴り落ちる時計たちの波紋』所収）という五つの散文詩風の掌篇からなる作品では、少年が、串刺しにされたり、切り刻まれたりする幻想的な場面を描いたが、あれは、私自身のその自傷的な夢想が元になっている。

私は最初、それを、一種の自己処罰感情なのだろうと考えていた。自分の中の悪なる部分を否定し、矯正するために、私の中の何かが——超自我と呼んでも、ロゴスと呼んでも、或いは単に正義感でも何でも構わない——そうした苦痛を伴うような〝罰〟のイメージを必要としているのではないか。

しかし、私がそういう夢想を抱くのは、何か悪いことをした時というより、どっちかというと、恥ずかしいことをして、その場面を思い返してみるような時だった。あの時の自分を、記憶の中から消してしまいたい——傷つけたいとか、殺したいとかいうのではなく、自分のアイデンティティの中から抹消してしまいたい、という感覚である。ただ観念的に消すといっても、手応えがない。そこで、何か強い苦痛が感じられると、そのあるべきでない自分の姿が否定された実感が得られ、癒されるような心地がするのである。

私はこの妙なクセと、文学作品の中で、主人公が苦悩し、死ぬことに読者が共感することとは、関係があるのではないかと考えるようになった。取り分け、十九世紀の名作には、主人公が最後に死ぬ作品が非常に多い。それは、作者の勝手な必然ではなく、読者も求めていたことだったはずである。彼らは、自らが感情移入した主人公が、自分の代わりに苦しみ、死んでくれることで、むしろ現実を生きられたのではないか？　それは、遡れば、「十字架にかけられた神、血の飲用、『犠牲』との神秘的合体」（ニーチェ）を通じて、贖罪を実感するキリスト教徒の感覚と通底しているのではないだろうか。

「『フェカンにて』」という私小説風の作品で、私はそうしたことを考えた。

自傷行為は、自己そのものを殺したいわけではない。ただ、「自己像（セルフイメージ）」を殺そうとしているのだと。だから、確実に死ぬ方法を選択しない。いや、むしろ逆じゃないのか？　いまの自分では生き辛いから、そのイメージを否定して、違う自己像を獲得しようとしている。つまり、死にたい願望ではなく、**生きたいという願望の表れ**ではないのか。

もし、「この自分」ではなく、「別の自分」になろうとしているのであれば、自分は複数なければならない。自傷行為は言わば、アイデンティティの整理なのではないか？

そして、もし、たった一つの「本当の自分」しかないとするなら、自己イメージの否定は、自己そのものの否定に繋がってしまう。先の話になるが、私は、『空白を満たしなさい』という小説で、この主題を日本の自殺者問題と併せて更に深く考えることにした。

行き詰まりとしての『決壊』

以上は、様々な主題が入り組んでいる私の小説の中から、アイデンティティに関する部分だけを切り取って整理したものである。こんなふうに解説すると、私がいかにも理論的なモデルから出発して小説を構想しているように見えるかもしれないが、実情は逆である。仮説的な前提はあるが、私はいつも、書きながらそれを疑い、別の方法で考え、自分なりに納得できる結末を手探りしている。

『決壊』は、悪と殺人を主題とした小説だが、アイデンティティの問題に関して言えば、ここまで考えてきたことの、言わば総決算だった。

主人公は、非常にコミュニケーション能力の高い人間だが、彼は、「最後の変身」のように、身悶えしながら「本当の自分」を探し求めようとはしない。そんなものは幻想であることをイヤと言うほど痛感している。だからこそ、その空虚感に苦しんでいる人物である。そして、そのありもしない「本当」の姿を突き止めようとするのは、当人ではなく、彼をバラバラ殺人事件の容疑者として取り調べる刑事であり、報道するマスコミだ。

『日蝕』では、神と人間とを巡るアイデンティティと同様に、魔女裁判（異端審問）も主題となっていると、先ほど書いた。

近代以降、訴訟は、人を殺しただとか、物を盗んだといった、具体的な行為に対して行われる。容疑者は、その行為をしたかどうかを弁明しなければならない。しかし、中世の魔女裁判では、アイツは魔女らしいといった噂などに基づいて、その人物の存在そのものに対して訴訟が起こされた。容疑を掛けられた人間は、「私はそんなことはしていない」ではなく、「私はそんな人間ではない」ということを、自らの全存在を賭けて弁明しなければならなかった。つまり、「本当の自分」が無罪であることの証明である。

ところが、現代の捜査や取り調べにおいても、この存在に対する容疑という要素が、不気味に現れてくることがある。昨今の検察不祥事でも明らかになったように、具体的な行為を捏造したり、辻褄合わせをしたりまでして、容疑者の存在自体を訴訟にかけようとするのだ。

私は『決壊』を悲劇的な結末で書き終えた後で、いよいよ完全に、「本当の自分」という考えを捨てるに至った。そして、多くの読者から寄せられた、次のような感想と向き合った。

「私は『決壊』に感動しました。けれども、どうやって生きていけばいいのか、わからなくなりました。」

私は、旧来的なアイデンティティの捉え方に取って代わる新しい思想を考え始めた。それに取り組んだのが、『ドーン』という小説である。そして、次章で述べるように、その中心をなす概念が、個人に対して「分人」という単位だった。

最後にこの章のまとめとして、改めて確認しておこう。

一人の人間は、「分けられない individual」存在ではなく、複数に「分けられる dividual」存在である。だからこそ、たった一つの「本当の自分」、首尾一貫した、「ブレない」本来の自己などというものは存在しない。

それでは一体、「私」とはどういう存在なのだろうか？

第2章　分人とは何か

私たちを苦しめる矛盾

今でこそ、当たり前になっているが、明治になって日本に輸入された様々な概念の中でも、「個人 individual」というのは、最初、特によくわからないものだった。その理由は、日本が近代化に遅れていたから、というより、この概念の発想自体が、**西洋文化に独特のものだった**からである。非常に込み入った話なので、詳細は巻末の「補記」に回したが、ここでは二つのことだけを押さえておいてもらいたい。

一つは、**一神教であるキリスト教の信仰**である。「誰も、二人の主人に仕えることは出来ない」というのがイエスの教えだった。人間には、幾つもの顔があってはならない。常にただ一つの「本当の自分」で、一なる神を信仰していなければならない。だからこそ、元々は「分けられない」という意味しかなかった individual という言葉に、「個人」という意味が生じることとなる。

もう一つは、**論理学**である。椅子と机があるのを思い浮かべてもらいたい。それらは、それぞれ椅子と机とに分けられる。しかし、机は机で、もうそれ以上は分けられず、椅子は椅子で分けられない。つまり、この分けられない最小単位こそが「個体」だというのが、分析好きな西洋人の基本的な考え方である。

動物というカテゴリーが、更に小さく哺乳類に分けられ、ヒトに分けられ、人種に分けられ、男女に分けられ、一人一人にまで分けられる。もうこれ以上は分けようがない、一個の肉体を備えた存在が、「個体」としての人間、つまりは「個人」だ。国家があり、都市があり、何丁目何番地の家族があり、親があり、子があり、もうそれ以上細かくは分けようがないのが、あなたという「個人」である。

逆に考えるなら、個人というものを束ねていった先に、組織があり、社会がある。こうした思考法に、日本人は結局、どれくらい馴染んだのだろうか？

「個人」という概念は、何か大きな存在との関係を、対置して大摑みに捉える際には、確かに有意義だった。——社会に対して個人、つまり、国家と国民、会社と一社員、クラスと一生徒、……といった具合に。

ところが、私たちの日常の対人関係を緻密に見るならば、この「分けられない」、首尾一貫した「本当の自分」という概念は、あまりに大雑把で、硬直的で、実感から乖離している。

信仰の有無は別としても、私たちが、日常生活で向き合っているのは、一なる神ではなく、多種多様な人々である。

また、社会と個人との関係を、どれほど頭の中で抽象的に描いてみても、朝起きて寝るまでに現実に接するのは、会社の上司や同僚、恋人やコンビニの店員など、やはり具体的な、多種多様な人々である。とりわけ、ネット時代となり、狭い均質な共同体の範囲を超えて、背景を異にする色々な人との交流が盛んになると、彼らを十把一絡げに「社会」と括ってみてもほとんど意味がない。

私たちは、自分の個性が尊重されたいのと同じように、他者の個性も尊重しなければならない。繰り返しになるが、相手が誰であろうと、「これがありのままの私、本当の私だから！」とゴリ押ししようとすれば、ウンザリされることは目に見えている。私たちは、極自然に、相手の個性との間に調和を見出そうとし、コミュニケーション可能な人格をその都度生じさせ、その人格を現に生きている。それは厳然たる事実だ。なぜなら、コミュニケーションが成立すると、単純にうれしいからである。

その複数の人格のそれぞれで、本音を語り合い、相手の言動に心を動かされ、考え込んだり、人生を変える決断を下したりしている。つまり、それら複数の人格は、すべて「本当の自分」である。

にも拘らず、選挙の投票（一人一票）だとか、教室での出席番号（まさしく「分けられない」整数）だとか、私たちの生活には、一なる「個人」として扱われる局面が依然として存在している。そして、自我だとか、「本当の自分」といった固定観念も染みついている。そこで、日常生きている複数の人格とは別に、どこかに中心となる「自我」が存在しているかのように考える。あるいは、結局、それらの複数の人格は表面的な「キャラ」や「仮面」に過ぎず、「本当の自分」は、その奥に存在しているのだと理解しようとする。

この矛盾のために、私たちは思い悩み、苦しんできた。

分人とは何か

ならば、どうすればよいのか。

「自我を捨てなさい」とか「無私になりなさい」とかいったことは、人生相談などでも、よく耳にする。しかし、そんな悟り澄ましたようなことを聞かされても、じゃあ、どうやって生きていけばいいのかは、わからない。自分という人間は、現に存在している。この「私」は、一体、どうなるのか？　無欲になりなさい、という意味だとするなら、出家でもするしかない。

私たちには、生きていく上での足場が必要である。その足場を、**対人関係の中で、現に生じている複数の人格**に置いてみよう。その中心には自我や「本当の自分」は存在していない。ただ、人格同士がリンクされ、ネットワーク化されているだけである。

不可分と思われている「個人」を分けて、その下に更に小さな単位を考える。そのために、本書では、**「分人」**（dividual）という造語を導入した。**「分けられる」**という意味だ。

しかし、自我を否定して、そんな複数の人格だけで、どうやって生きていけるのか？ 尤《もっと》もな疑問である。そこで、ここからは、どうすればそれが可能なのかを、順を追って丁寧に見ていきたい。

まず、イメージをつかんでもらいたい。

一人の人間の中には、複数の分人が存在している。両親との分人、恋人との分人、親友との分人、職場での分人、……あなたという人間は、これらの分人の集合体である。

個人を整数の1だとすると、分人は分数だ。人によって対人関係の数はちがうので、分母は様々である。そして、ここが重要なのだが、相手との関係によって分子も変わってくる。

関係の深い相手との分人は大きく、関係の浅い相手との分人は小さい。すべての分人を足すと1になる、と、ひとまずは考えてもらいたい。

分人のネットワークには、中心が存在しない。なぜか？　分人は、自分で勝手に生み出す人格ではなく、常に、環境や対人関係の中で形成されるからだ。私たちの生きている世界に、唯一絶対の場所がないように、分人も、一人一人の人間が独自の構成比率で抱えている。そして、そのスイッチングは、中心の司令塔が意識的に行っているのではなく、相手次第でオートマチックになされている。街中で、友達にバッタリ出会して、「おお！」と声を上げる時、私たちは、無意識にその人との分人になる。「本当の自分」が、慌てて意識的に、仮面をかぶったり、キャラを演じたりするわけではない。感情を隅々までコントロールすることなど不可能である。

分人をベースに自分を考えるということと、単に「自我を捨てる」ということとはどこが違うのか？

私たちは、生きていく上で、**継続性をもって特定の人と関わっていかなければならない。**

そのためには、誰かと会う度《たび》に、まったく新しい自分であることはできない。出社する度に、自己紹介から始めて、一から関係を結び直すという、バカげた話はない。私たちは、朝、日が昇って、夕方、日が沈む、という反復的なサイクルを生きながら、身の回りの他者とも、**反復的なコミュニケーション**を重ねている。

人格とは、その反復を通じて形成される一種のパターンである。

この人とは、こういう態度で、こういう喋り方をすると、コミュニケーションが成功する。それに付随して、喜怒哀楽様々な感情が自分の中で湧き起こる。会う回数が増えれば増えるほど、パターンの精度は上がってゆく。また、親密さが増せば増すほど、パターンはより複雑なコミュニケーションにも対応可能な広がりを持つ。それが、関係する人間の数だけ、分人として備わっているのが人間である。

また、他者とは必ずしも生身の人間でなくてもかまわない。ネット上でのみ交流する相手でもかまわないし、自分の大好きな文学・音楽・絵画でもかまわない。あるいは、ペットの犬や猫でも、私たちは、コミュニケーションのための一つの分人を所有しうるのだ。

次項からは、この「分人」がどのように発生してゆくのかをしばらく見ていこう。

社会的な分人　ステップ1

分人は、特定の誰かとの反復的なコミュニケーションによって形成される。

そのプロセスは、大雑把に三つに分けられる。

まず、どんな人間関係も、相手のことをよく知らない状態から始まる。

初対面の相手とは簡単な自己紹介をして、何か当たり障りのない話でもするのがふつうだろう。天気のことであったり、スポーツの結果だったり、あるいはメディアでよく取り上げられている事件や芸能ネタなど、話題は、多くの人が関心を共有できるものであることが望ましい。ここでは、これから互いに、相手に向けて分人化してゆく上で、その方向性が手探りされている。

この最初の段階の分人は、「不特定多数の人とコミュニケーション可能な、汎用性の高い分人」である。これを**社会的な分人**と呼んでおこう。

社会的な分人は、私たちが、日常生活の多くの場面で生きている未分化な状態だ。

たとえば、マンションのエレベーターで見知らぬ住民と乗り合わせたとする。軽く挨拶して、場合によっては、多少言葉も交わすかもしれない。

「暑いですね、今日は。」

「ホントに。イヤになりますね。」

ほとんど内容のない、コミュニケーションのためのコミュニケーションだ。私たちはこの時、相手がどんな人であっても、大体、同じような人間になっている。これがつまり、社会に普通に受け容れられる分人である。

日常生活のコミュニケーションは、このような社会的な分人によって成り立っている部分がかなり多い。

コンビニやファミレスのレジに向かう時、私たちは、特別に店員と彼の個性に応じたコミュニケーションを図る必要がないので、お互いに社会的な分人同士で接しても、何ら支障がない。コンビニ店員の接客用語は、マニュアル化されすぎているとよく批判されるが、日本ではどうも、こういう時に一々、個別に分人化することを嫌う傾向がある。

客は、おにぎりだの烏龍茶だのが買えれば十分で、十年来通い続けている商店街の魚屋で交わされるようなやりとりを求めているわけではない。相手が必要以上の分人化を求めてくれれば、ヘンな人とでも思ってしまうのが日本人である。

社会的な分人の地域差

社会的な分人は、その人が生まれ育った国や地域によって異なる。つまり、完全に無色透明な未分化の状態ではなく、**物心つく前から、既に環境に適合した分人を私たちは生きている**のである。

日本で生まれ育つのか、アフリカの内戦の地で生まれ育つのかでは、物の見方や感じ方が、根本のところでかなり違ってくる。ビジネスで中国に滞在する人は、中国人にとってのフツーの感覚を理解しなければならない。「郷に入れば郷に従え」とは、まずは、その土地ごとの社会的な分人から始めた方が、その後の個別の分人化がスムーズになる、という意味と解釈できる。

もちろん、その社会的な分人化がうまくいかず、日本にいる時は孤独だったが、海外生活を始めると、途端に生き生きし始めるという人もいる。先ほどコンビニ店員の例を出したが、かなり頻繁に顔を合わせていて、親しくなっても、社会的な分人に留まり続けようとする日本人の傾向が、イヤだという人もいるだろう。

もちろん、同じ日本で生まれ育っても、東京と大阪、九州ではまた違う。

私は長らく北九州で育って、大学から京都に移り住んだ時、関西という土地そのものに馴染むのに、ちょっと時間が必要だった。別に関西人になる必要はないし、なれるわけでもないが、人の輪に入るためには、関西人のノリとどっかで調子が合わなければならない。

九州もそうだが、余所《よそ》の土地から来た人には、ごく普通のやりとりが、ケンカのように見えることもある。

逆に、地方出身者が多く集まっている東京では、特定の地域色に染まらない、より広く一般化された社会的な分人が求められるが、そのために、人間味を欠いた、冷たい印象になっているところもあるだろう。

社会的な分人で交わされるコミュニケーションは広い。コンビニでの買い物や、公共交通機関の利用など、日常生活では、この分人で事足りる領域がかなりある。

確かに、社会的な分人のコミュニケーションは浅い。が、これがなければ、コミュニケーションが次の段階に深まることが難しくなってしまう。言うなれば、様々な組織の細胞へと分化していく幹細胞のような役割を担っている。

他者とコミュニケーションを図るとき、社会的な分人として接する段階をすっ飛ばして、いきなり自分全開で喋り始めると、相手は戸惑ってしまう。分人化は、あくまで相互作用の中で起きることであるはずなのに、一方的に相手の個性を押しつけられ、自分がそれに合わせなければならないように感じさせられるからだ。

もちろん、会った瞬間に意気投合して、ずっと昔からの親友のような関係を築けることもあるのかもしれない。しかし、それはあくまで例外だろう。

社会的な分人は、「普遍的に通じる」という意味では、**普通の人**と言ってもかまわない。それは、必ずしも平凡だということではなく、**より具体的な分人へと分化する準備ができた状態**のことである。

グループ向けの分人　ステップ2

社会的な分人同士の次の段階は、**特定のグループ**（カテゴリー）**に向けた分人**だ。

一対一の出会いであれば、社会的な分人からすぐにその相手に向けた分人へと進むことが可能だが、一足飛びにそうならないシチュエーションも多い。一般的に人間関係は組織や集団を介して広がっていくものだ。その場合、学校や会社、サークルといったグループ向けの分人が求められる。

この場合、グループとは、会社や学校のような公的な帰属先ばかりではない。渋谷で若い女の子たちがギャル言葉をしゃべったり、2ちゃんねるなどのインターネットの匿名掲示板で独特の用語が飛び交ったりしているのも、グループへの分人化である。

私は作家という職業柄、数多くの編集者たちと日常的に接している。初めて仕事をする編集者に対しては、社会的な分人で接する。

仕事の上での具体的なやりとりになると、「編集者一般に対する分人」で接している。それは意識的にスイッチを切り分けているわけではなく、あとで振り返ると、大体、編集者相手には同じような態度で接している、と気づく類のものだ。他業種の人や、友達、家族と接している時の私ではない。

この分人は、これまでの多くの編集者との反復的な関わりから培われてきたものである。あちらはあちらで、作家一般に対する分人で接している段階があるだろう。

学校に校風、会社に社風があるように、業界や職種にも独特の風土がある。

長年一つの分野で活動してきた人には、その風土が身体に染み付いて、服装や行動、言葉遣いや雑談の中身などに、どことなく共通するものが備わっている。**社会的な分人が、より狭いカテゴリーに限定されたものが、グループ向けの分人**だ。

特定の相手に向けた分人　ステップ3

「社会的な分人」と「グループ向けの分人」を経て、最終的に生まれるのが、「**特定の相手に向けた分人**」である。

もっとも、すべての関係がこの段階まで至るわけではない。そうなるかどうかは、運もあれば、相性もあるだろう。

私の場合、編集者一般向けの分人のまま仕事をして、それで済んでしまった関係は山ほどある。とりわけ、仕事の依頼も原稿の受け渡しもすべてメールで、一度も会う機会がないような場合、お互いにそれ以上、分人化しようがない。

しかし、長い連載などで、何度となくやりとりを交わすようになると、お互いの思考のクセやテンポもわかってきて、より具体化した分人が生じる。そうなることでコミュニケーションは一層深くなる。

もちろん、まったく異分野の相手であっても、こうしたことは起こり得る。

以前、フランス人の有名なパティシエと対談をした時のこと。私たちは最初、手探りで社会的な分人のまま挨拶を交わし、クリエイター同士というグループ向けの分人まで進んだところで、お互いが共通して関心を持っていた谷崎潤一郎の『陰翳礼讃』の話をきっかけに、一気に、より相手に特化した分人へと進んだ。いわゆる〝意気投合〟という状態である。その間、三十分ほどだった。

そんなふうに面と向かった相手に対する分人化に、ごく短時間で成功することもあれば、なかなかうまくいかないこともある。

たとえば、何度会っても、必要最小限の仕事の話しかせず、その先の関係にはお互いに足を踏み入れられない（踏み入れる気もない）人もいる。その人は私に対して、分人をカスタマイズする気がなく、私の方でもないということだ。**分人化の失敗**である。

実際、社会的な分人、グループ向けの分人のままで終わる、ということは、よくある。

私は大学生の頃、二年間ほぼ毎日のように、アパートの近所のコンビニに通っていた。そこでいつも顔を合わせるアルバイトの店員は、私と大して歳も変わらないくらいの大学生だったが、彼とは会話らしい会話をただの一度も交わすことなく、そのまま私は引っ越してしまった。もし、人を介した飲み会ででも出会っていたなら、私たちは、お互い向けの分人を生じさせていたかもしれない。

逆に、パリに住んでいた頃は、やはりアパルトマンの近くのアラブ人が経営する小さな店に足繁く通ったが、行く度にしばらく立ち話をして、一年後の帰国の際には、さも残念そうに別れを惜しんでくれた。あの彼との間に生じた分人を、私はそれっきり生きていない。

このように、**社会的な分人が、特定の人に向けて更に調整されるかどうかは、必ずしもつきあった時間の長さには比例しない**ものである。

八方美人はなぜムカツクか

私たちは、社会的な分人やグループ向けの分人でかまわない人間関係がある一方で、こちらが好意や尊敬を抱いている人からは、自分の個性を認めてもらった上でつきあってほしいという願望を抱いている。ワン・オブ・ゼムとして扱ってほしくない。たとえば、先生と生徒という関係だ。

『3年B組金八先生』のような学園もののドラマでは、主役となる「いい先生」は、生徒一人一人に対して柔軟に分人化する。

グレた生徒とは、その生徒と最もうまくコミュニケーションが取れる分人になる。優等生とは、また違った分人で接する。そのことに、生徒が信頼を寄せる。

一方で、「悪い先生」は、どの生徒に対しても、教師としての職業的な分人だけで接する姿が強調される。生徒というグループ向けの分人に留まっている。どんな生徒に対しても平等というのは、同じ顔で接する、ということではない。同じように相手の個性を尊重して分人化する、ということだ。

もちろん、ここでも、分人化は二人の間の相互作用である。単に先生が生徒に調子を合わせるのではなく、互いの本心が最もスムーズに表れる人格が、反復的なコミュニケーションを通じて模索されなければならない。

私たちは、尊敬する人の中に、自分のためだけの人格を認めると、うれしくなる。他の人とは違った接し方をしてくれることに甚《いた》く感動するものだ。

ロボットと人間の最大の違いは、ロボットは――今のところ――分人化できない点である。もし、相手次第で性格まで変わるロボットが登場すれば、私たちはそれを、より人間に近いと感じるだろう。

まえがきでもちょっと触れたが、よく、「分人」という考え方は、結局「八方美人のススメ」なのか、と言われることがある。しかし、むしろ**真逆**である。

私たちは、どうして八方美人が気に入らないのか？　例えば、パーティ会場などで、さっきまで自分に調子のイイことを言っていた人間が、今度はまた、別の人を捕まえて調子のイイことを言っていたとする。私たちは、それを見て「なんだ、あいつは？　八方美人なヤツめ」と不快になる。しかし、自分と喋っていた人が、別の人と喋っているというだけで、さすがに一々、ムカつくわけではない。あの人は、あんな偏屈人間を相手にしても、うまく会話が出来るんだなと感心することだってある。その違いは何なのだろう？

八方美人とは、分人化の巧みな人ではない。むしろ、誰に対しても、同じ調子のイイ態度で通じると高を括って、相手ごとに分人化しようとしない人である。パーティならパーティという場所に対する分人化はしても、その先の一人一人の人間の個性はないがしろにしている。だから、十把一絡げに扱われた私たちは、「俺だけじゃなくて、みんなにあんな態度か！」と八方美人を信用しないのである。

　分人化は、相手との相互作用の中で自然に生じる現象だ。従って、**虫の好かない人といると、イヤな自分になってしまうことだってある。**場合によっては、〝八方ブス〟にだってなり得るのだ。

一方通行では成り立たない

分人化には、**人それぞれのペース**がある。そこを見誤ると、分人化は失敗してしまう。

AさんとBさんの二人が向かい合っていて、AさんがBさんに対してすぐに分人化したとしても、Bさんのほうにもすぐにへの分人が生まれるとは限らない。そうすると、AさんはBさんのことをもどかしく感じ、BさんはAさんのことを鬱陶しく思うようになる。

例えば、あなたが高校生で、教室に好きな女の子がいるとしよう。あなたは既に、彼女の前に出ると、他の人の前とはまったく違った人間になってしまう。ところが、彼女の方は、まだクラスメイト向けの分人（グループ向けの分人）でしかあなたと接していない。あなたと彼女とは、行く行くは恋人同士になるのかもしれないが、そのペースは必ずしも同じではない。

明朗快活で、誰もがさほど時間を掛けずに分人化できるような人がいる一方で、何を考えているのかサッパリわからず、どう分人化すればいいのか戸惑うような人もいる。しかし、案外、時間をかけてゆっくり分人化していった後者の方が、長い付き合いになることもある。

分人は、相手に強いられれば、歪んだ形で生じる可能性もある。あるいは、分人化することに拒否反応を示すこともある。一方通行では成り立たない。

私がそのことを痛感したのは、ある会食でのことだった。

六人ほどでテーブルを囲んだ中に、初対面にも拘らず、いきなりのっけから一人で四十分間も（！）喋り続けた男がいた。誰かわかるので詳しくは書かないが、ある分野の専門家である。最初は、私の知らない世界のことなので、興味深く耳を傾けていた。私は喋るのが好きだが、面白い話を聴くのはもっと好きだ。

しかし、残りの五人に、まったく口を挟む隙も与えないまま、ひたすら続くその独演会に、段々ウンザリしてきた。内容も、途中からはほとんど自慢話だった。

私は、とうとう我慢できなくなって、それとなく向かいの人に話しかけた。そして、残りの時間、独演会男とは一切口を利かずに、ただその人とだけ喋っていた。すると、隣の人も、更にその隣の人も、私たちの会話に加わってきた。感じていたことは、みんな（彼以外？）一緒だったのだ。

このフラストレーションは、何なのだろう？

会食は、それぞれの社会的な分人からスタートしていた。ちょっと高級な店だったので、みんな、そういう場に相応《ふさわ》しい分人くらいにはなっていた。もっと騒がしい店の集《つど》いだったなら、私もああいう自分ではなかっただろう。

そこから、参加者同士のやりとりを通じて、各人向けの分人化が起きる。ところが、相手が一方的に喋り続けると、こちらは、その聞き役を押しつけられることになる。あっちにも喋りたいことがあるだろうが、こっちにも喋りたいことがある。どういう話し方で、どういうテンポなら楽しく会話ができるのか？　まだその手探りの段階で、いきなり相手の個性をゴリ押しされると、**強い拒絶反応**が起きる。

相手に対して、どういう分人になるのか？　それは、相手の影響を受けつつ、こちらにも自発性がなければ受け容れられない。俺はこういう人間だから、お前はそれに従えと強要することとは暴力である。

私は、その独演会男に退屈しきっていた。しかし、いつの間にか生じていた、彼のご託宣を拝聴するだけの自分の分人は、もっと退屈だった。だから、私はその生じかけていた彼との分人を捨てて、向かいの人との分人化を楽しむことにした。私はこの人とは、今でも友人だ。独演会男には、その後会ってない。

一方的に喋る人が苦手、というのは、よく聞く話だが、それがどういうことなのかを、ここでは分人という概念を使って整理してみた。

コミュニケーションが苦手だと思っている人は、その原因を、相手を魅了する話術の不足に求めがちだが、むしろ、相互の分人化の失敗というところから考えてみてはどうか？

お互いに、**心地良い分人化**を進めるためには、相手がどういう人なのかをよく見極めなければならない。しかし、コミュニケーションがうまくいかない人は、まず、社会的な分人という入りの部分で何か違和感を与えているのかもしれないし、そこから、自分の個性を発揮することに気を取られすぎて、勝手なペースで分人化を進めようとしているのではないか？　それでは、相手は身構えて、抵抗を示してしまう。

例えば、何かについてオタク的な知識を持っているとする。しかしそれを、先ほどの独演会男のように勝手に喋り続けてしまえば、聞かされる方はたまったものではない。相互に分人化がうまくいっていない段階で、性急に個性を発揮しようとしても、うまく受け容れてはもらえないだろう。

重要なのは、まず**柔軟な社会的な分人**がお互いの内にあることだ。

乾いた粘土のように、「オレはオレ」とかちかちになっていて、私向けの新しい分人が生じる気配がなさそうな人とは、親しくはなれない。逆も真なりで、こちらの態度が固ければ、相手も取りつく島がない。親密になるということは、相互に配慮しつつ、無理なくカスタマイズされることである。

分人の数とサイズ

以上のようなプロセスで、分人は一つずつ育まれていく。言うまでもなく、これは一つのモデルで、グループ向けの分人がスキップされる場合など、ケース・バイ・ケースだ。私たちは、幼い頃には、親や兄弟に向けた分人しかなかったのが、年齢を重ねるにつれて、交友関係が広がってゆき、その分、分人の数も増えていく。その結果として、私たちは、**多種多様な分人の集合体**として、存在している。

誰に対しても、首尾一貫した自分でいようとすると、ひたすら愛想の良い、没個性的な、当たり障りのない自分でいるしかない。まさしく八方美人だ。しかし、対人関係ごとに思いきって分人化できるなら、私たちは、**一度の人生で、複数のエッジの利いた自分**を生きることができる。

それでは、一人の人間の中にどれぐらい分人がいるのか？

厳密に考えれば、公私にわたって付き合いのある人の数だけ、私たちは分人を持っている。しかし、ケータイのアドレス帳に登録されている人全員に対して、緻密に分人化している人はいないだろう。私の場合、一二度しか仕事をしたことのない編集者などは、ほとんど同じような人格で接している。

そもそも、私たちの生活は一日二十四時間、一年三百六十五日と決まっていて、交際範囲も、その有限の時間の中でしか広げられない。

その同じ条件の上で、分人の数には、人によってかなり差がある。それはおそらく、**どれぐらいの数の分人を抱えているのが、自分にとって心地良いか**で決まってくる。

ためしに自分について考えてみよう。知人の数ではなく、自分の分人の数である。そうして手に負える分人の数を考えてみると、私の場合、どうも、それほどたくさんの友人は必要なさそうである。

仕事を通じて知り合い、仕事の枠を超えて親しくなった人は、一緒にいて楽しいので、自分の中にも彼ら向けの大事な分人が存在している。しかし、高校時代の友人との分人は、何年かに一度、活性化すればいいくらいで、日々更新し続ける必要はないと感じる。

抱えられそうな分人の数に合わせて、実際に付き合う人の数も、自然に調整される。同時に生きられる分人の数には、恐らく上限があるのだろう。

では、それぞれの分人のサイズは何によって決まるのか？

コミュニケーションが反復されるほど、分人は、最新の状態に更新されてゆく。数年にわたる長い関係を保っている人との分人は、当然に、その人の中で大きな比率を占めるだろう。他方で、たった一度しか会ったことがない人でも、その時に生じた分人が決定的なものとして残っていることもある。

数年にわたって続いている分人（両親や配偶者との分人など）。今現在の生活の中で、二十四時間の多くの時間を生きている分人（仕事相手との分人など）。それらは、自分の中で大きな比率を占めていると実感されるはずである。

もちろん、これらのサイズは不変のものではなく、自分を取り巻く人間関係が変われば、自ずと変化するものである。

個性とは、分人の構成比率

このように、個人よりも小さな分人という単位を設定してみると、個性についても、これまでとは別のとらえ方が可能だ。**誰とどうつきあっているかで、あなたの中の分人の構成比率は変化する。その総体が、あなたの個性となる。**十年前のあなたと、今のあなたが違うとすれば、それは、つきあう人が変わり、読む本や住む場所が変わり、分人の構成比率が変化したからである。十年前には大きな位置を占めていた当時の恋人との分人が、今はもう、別れて萎《しぼ》んでしまっていて、代わりにまったく性格の違う恋人との分人が大きくなっているとする。すると、あなた自身の性格、個性にも変化があるはずだ。**個性とは、決して生まれつきの、生涯不変のものではない。**

こんな例はどうだろう?

小学校時代からの友達が、中学に入るなり、ヤンキーになってしまった。あなたは、ついこの間まで、あんなに仲の良かった友達が、急に粗暴になったことに戸惑っている。こちらが何か悪いことをしたわけでもないし、向こうが私との付き合いを嫌がっているわけでもない。にも拘らず、うまく会話ができない。

これを例の「本当の自分/ウソの自分」というモデルで説明すると、「あの子は小学校のときはおとなしかったけど、本当は、あんな性悪な人間だった」というような話になる。しかし、それではあんまりかわいそうだ。実際、この考え方は間違っている。

では、分人のモデルで考えるとどうなるか？

ヤンキーになった友達は、ヤンキー仲間との分人が肥大化していった。そのため、彼の中の学校の教師や友達との分人が圧迫されて、機能不全に陥っている。機能しそうになっても、教師の前だろうと、ヤンキー仲間との分人を一貫させなければならないので、あえて押し殺す。

彼は誰に対しても、ヤンキー仲間との分人で接しようとするから、教室でのコミュニケーションがうまくいかなくなる。結果、孤立して、ますますヤンキー仲間と過ごす時間が増え、その分人が強化される、という悪循環である。

足場となる分人

この悪循環から抜け出すには、**分人の構成比率を変える**しかない。有り体に言えば、つきあう人間を変えるということだ。なぜなら個性とは、分人の構成比率のことだからである。

実際、中学時代にちょっとグレていた、ということくらい、大した話でもないが、**つき**

あう人間を変えたいと本人が思い始めた時に、それが難しい状況に陥っているというのは問題だ。

私は、十年以上前に大平光代さんの『だから、あなたも生きぬいて』という本がベストセラーになった時、やはり瞠目しながら読んだ。中学時代にイジメを受けて〝非行〟に走り、十六歳で暴力団の組長と結婚したが、二十二歳で離婚し、大阪・北新地のホステスに転身。やがて再会した父親の友人の勧めで更生を誓い、猛勉強の末に司法試験に合格して弁護士になった、というのが彼女の前半生である。

人との出会いが人生を変えるということは、よく言われるが、それは言い換えるならば、自分が抱えている分人の中で、どういう分人が最も大きくなるか、ということだ。後に養父になったという父の友人との分人が最大になることで、他の分人が相対的に小さくなる。彼女のダイナミックな変貌を、本書ではそのように理解したい。

分人のモデルには、自我や「本当の自分」といった中心は存在しない。しかし、**その時々に大きな比率を占めている分人はある。**高校時代は、部活の顧問かもしれないし、会社に入ってからは上司かもしれない。私たちは、**足場となるような重要な分人を一時的に中心として、その他の分人の構成を整理することも出来る。**

自分は、誰と過ごす時間を多く持つべきか？　誰と一緒にいる時の自分を、今の自分の基礎にすべきか？

あなたが好感を抱く人間、尊敬する人間と、うまくコミュニケーションを取りたいと思うなら、そういう分人を生じさせる以外にはない。その分人が、あなたの変化の突破口になる。

リスクヘッジとしての分人主義

個人という単位に基づく思想を「個人主義」と呼ぶように、分人を単位とする思想は、**「分人主義」**と名づけられるだろう。

この考え方の良いところは、これまで見てきたように、何よりも**変化を肯定的に捉えられる**ところだ。

私たちはこれまで、人間には核となる個性があり、それをオープンにして生きることが誠実な生き方だと思い込んできた。数年間、誰かとつきあうと、自分はその人の本質をよく知っているような気になる。分割不可能な、個人同士の関係のモデルだ。そして、その人が、自分以外の人とまったく別の顔で接しているのを知ると、裏切られたような気持ちになる。あいつは、あんな性格を隠していたのか⁉　アレがあいつのウラの顔だったのか⁉と。

しかし、私たちは神ではない。自分の親しい人が、色々な場所で、色々な人とコミュニケーションを図るために持っているすべての顔を知ることなど、出来るはずがない。個人が「分けられない」のは、元々はキリスト教の神が一者だったからである。一なる全知全能の神と向き合うために、個人もまた一つでなければならなかった。

しかし、**人間関係は多種多様**だ。自分に対して、一切隠しごとをしてはならない、あなたのすべてを私に見せなさいというのは、傲慢である。それは、相手に対して神になろうとしているのも同然だ。

私たちに知りうるのは、相手の自分向けの分人だけである。それが現れる時、相手の他の分人は隠れてしまう。分割されていない、まったき個人が自分の前に姿を現すなどということは、不可能である。それを当然のこととして受け容れなければならない。

高校デビューや大学デビューを揶揄するのは、自分が知ってる本当のアイツは、あんなじゃなかったはずだという思い込みである。昔を知ってる人間がいないのをいいことに、ウソを吐いている、と。しかし、**環境が変われば、当然、分人の構成比率も変化する。**つまり、個性も変化する。弁護士になった大平さんを、昔の暴力団の知り合いが、「あれは本当の顔じゃない！」などと、どうして言えるだろうか？

　数年にわたる変化ではなく、日々の生活の中での変化もまた、同様に肯定されるべきである。私のパリの語学学校のエピソードも、分人化の現象と考えるなら、簡単に理解できることである。

　学校でいじめられている人は、自分が本質的にいじめられる人間だなどと考える必要はない。それはあくまで、いじめる人間との関係の問題だ。放課後、サッカーチームで練習したり、自宅で両親と過ごしたりしている時には、快活で、楽しい自分になれると感じるなら、**その分人こそを足場として、生きる道を考えるべき**である。

　貴重な資産を分散投資して、リスクヘッジするように、私たちは、自分という人間を、**複数の分人の同時進行のプロジェクト**のように考えるべきだ。学校での分人がイヤになっても、放課後の自分はうまくいっている。それならば、その放課後の自分を足場にすべきだ。それを多重人格だとか、ウラオモテがあると言って責めるのは、放課後まで学校でいじめられている自分を引きずる辛さを知らない、浅はかな人間だ。学校での自分と放課後の自分とは**別の分人だと区別できる**だけで、どれほど気が楽になるだろう？　嫌がらせメールを送りつけたりする人間は、家庭ではせめて家族との分人を生きようとしている人を、学校でのいじめられている分人へと無理矢理引き戻そうとする陰湿な輩だ。

イジメや虐待の過去を持っている人も、分けられない「本当の自分」という考え方を強要されるなら、誰と新しい関係を結ぼうとしても、毎回、その体験へと引き戻されてしまう。この人は、自分に暴力を振るわないだろうか？　自分はやっぱり、愛されない人間なのではないだろうか？

しかし、新しく出会う人間は、決して過去に出会った人間と同じではない。彼らとは、**まったく新たに分人化する。**そして、虐待やイジメを受けた自分は、その相手との分人だったのだと、一度、区別して考えるべきだ。自分を愛されない人間として**本質規定してしまってはならない。**そして、もし新しい分人が自分の中で大きく膨らみ、自信が持てるようになったなら、そこを足場にして、改めて過去の分人と向き合ってみればいい。

「人格は一つしかない」、「本当の自分はただ一つ」という考え方は、人に不毛な苦しみを強いるものである。

一人でいる時の私は誰？

以上のように、生きていく上では、自分が複数の分人を抱えていることを肯定すべきである。そして、その構成比率を考えることこそが、即ち、自分の「個性」を考えることである。イジメや虐待を例として挙げたが、この場合でも、学校でいじめられている自分は「ウソの自分」で、放課後、生き生きとしている自分は「本当の自分」だと考えるのは正しくない。いじめられている時の自分も、演技したり仮面をかぶったりしているわけではなく、それはそれで、否定できない一つの分人である。しかし、その歪《いびつ》な、不本意な分人を重視するかどうかは、本人次第である。**自分の中で、価値の序列をつける**ことはもちろん、可能だ。

人間の身体は、なるほど、分けられない individual。しかし、人間そのものは、複数の分人に分けられる dividual。あなたはその集合体で、相手によって、様々な分人を生きている。アイデンティティやコミュニケーションで思い悩んでいる人は、一度そうして、状況を整理してみよう。

しかし、こう考えると、当然、一つの疑問に突き当たる。

では、部屋で一人で考えごとをしている時の自分は、一体誰なのか？　分人が、対人関係ごとに生じるものなら、結局この一人でいる時の自分こそが、「本当の自分」なのではないか？

私自身、この問題をずっと考えてきた。結論から言うと、やはりそうではない。

例えば、あなたは、学校では変わり者として、級友から疎《うと》まれているとする。家に帰って、今日あった出来事を一人思い返して、自分は人とは違う、おかしな人間なんだろうかと思い悩む。しかし、たまたま隣近所に、あなたよりももっと変わったアーティストが住んでいて、このことを相談すると、

「何言ってるんだ、変わり者じゃない人間になんか価値はない。変わってるからこそ良いんだ。」

と励まされたとする。あなたは、部屋で独りになってからも、「そうか、変わってることは悪いことじゃないんだ」と勇気づけられたように考える。

この時、学校帰りのあなたと、アーティストの家から戻って来たあなたとは、同じあなただろうか？　私の理解では、学校帰りのあなたは、学校での分人のまま、自分の個性について思い悩んでいる。アーティストの家から戻ったあなたは、アーティストとの分人で

自分の個性をポジティヴに考え直している。

私たちは、一人でいる時には、いつも同じ、首尾一貫した自分が考えごとをしていると、これまた思い込んでいる。しかし実のところ、**様々な分人を入れ替わり立ち替わり生きながら考えごとをしている**はずである。無色透明な、誰の影響も被っていない「本当の自分」という存在を、ここでも捏造してはならない。よくアニメなどで、頭の中で天使と悪魔が戦いあったり、脳内会議が開かれている場面が描かれるが、あんなふうに、私たちは様々な分人を通じて、考えごとに耽《ふけ》っているはずだ。

私という存在は、ポツンと孤独に存在しているわけではない。つねに他者との相互作用の中にある。というより、**他者との相互作用の中にしかない。**

他者を必要としない「本当の自分」というのは、人間を隔離する檻である。もしそれを信じるなら、「本当の自分」を生きるためには、出来るだけ、他者との関係が切断されている方が良い。しかし、「最後の変身」の主人公のように、結局そうしてみたところで、「本当の自分」という幻想を痛感させられるだけだ。

まずは、この点について理解しておこう。

第３章　自分と他者を見つめ直す

悩みの半分は他者のせい

分人という単位を採用すると、いったい何が変わるのか。

私が最も変わったと実感しているのは、他者に対する見方である。

自分は、**分人の集合体**として存在している。それらは、すべて他者との出会いの産物であり、コミュニケーションの結果である。他者がいなければ、私の複数の分人もなく、つまりは今の私という人間も存在しなかった。鏡に向かって、勝手に色んな自分になるのは不可能である。なぜなら、**リアクションが決して、想定を超えない**からだ。

中には、**ポジティヴな分人もあれば、ネガティヴな分人もある。**なるべくなら、ポジティヴな分人だけを生きていきたいものだが、現実の込み入った人間関係の中では、なかなかそうもいかない。不本意ながら、あまり生き心地の良くない分人を抱え込んでしまうことは避けられない。

イヤな自分を生きているときは、どうしても、自己嫌悪に陥ってしまう。あの人と一緒にいると、どうしてこんなにイライラするんだろう？　なんであんなにヒドいことを言ってしまったのか？　あの会合に出席すると、急に臆病になって、言いたいことも言えない。

しかし、分人が他者との相互作用によって生じる人格である以上、**ネガティヴな分人は、半分は相手のせい**である。

無責任に聞こえるかもしれないが、裏返せば、**ポジティヴな分人もまた、他者のお陰**なのである。そう思えば、相手への感謝の気持ちや謙虚さも芽生える。人は一人では生きてはいけない、ということもよく言われるが、それは、何かの時に助けてもらえるというだけではなく、**私たちの人格そのものが半分は他者のお陰**なのである。

このように分人という視点を導入すると、過度に卑屈になったり、傲慢になったりすることなく、自己分析が可能になる。同時に、他者の存在を自然と承認できるようになる。混ざり気のない、純粋無垢な自己など存在しないのである。

他者もまた、分人の集合体

自分が、他者との関係で生じた分人の集合体だという自覚の次は、当然のことながら、他者もまた、同様に、様々な人間との分人の集合体だという認識が重要だ。

あなたと接する相手の分人は、あなたの存在によって生じたものである。

相手が、あなたとの分人を生きて幸福そうであるなら、あなたは、半分は自分のお陰だと自信を持つことが出来るし、不幸そうなら、半分は自分のせいかもしれないと考えるだろう。高校時代の友達が、大学で見違えるほど快活になっているのを目にして、「あれは本当の姿じゃない！」などと揶揄するヒマがあるなら、どうして彼は高校ではあんなふうに過ごせなかったのかと、自分たちの接し方を省みるべきではあるまいか。

また、どうしても虫の好かない人がいるとしても、それは、「あなたとの分人」の問題に限定して考えなければならない。

たとえばあなたが、職場のAさんとは親友で、Bさんのことは毛嫌いしているとしよう。ある時、Aさんから、「Bは本当にいいヤツで、一緒にいて楽しい」と言われたとする。それに対して、あなたは、「とんでもない！　Bってのは性根の腐ったクズ野郎で、あんなヤツとつきあうのは今すぐやめろ！」と言うべきだろうか？

個人主義が個人を単位として人間を捉える見方であるのに対して、**分人主義は分人を単位として人間を捉える考え方**だと、これまで何度も確認してきた。あなたはこの場合、自分に対するBの分人の悪口は言ってもかまわない。「俺とは上手く行かないし、俺の前ではこんな酷いことをする人間だ」というのは、Aにとっても参考にはなるだろう。しかしあなたは、Aと一緒の時のBの分人を知らない。従って、その分人について批判することは出来ない。

これは、抽象的な議論ではない。私たちの交友関係は、SNSの登場により、今やすっかり可視化されてしまっている。自分の好きな人が、自分の嫌いな人と親しくやりとりしている様を目の当たりにする機会も、以前とは比べものにならないくらい増えた。しかし、その度に、「俺の友達でいたいのなら、あんなヤツとはつきあうな」と一々言って回っていては、気がつけば、孤立しているのは自分、ということになるだろう。

もちろん、親友が、たとえばテロリストと親しいなどと知った時には、忠告するのも友情だろう。しかし、好き嫌いのレヴェルの話であれば、「Bは、自分の前では最悪の人間だけど、Aとは馬が合うんだな」とでも思っておくしかない。これも、人間は「分割可能」だという発想だからこそ、可能な考え方だ。そして、どんなに気分が悪くても、Aと良好な関係を築いているBの分人を、仮面だとか、偽りの姿だなどと批判することは出来ない。それもまた、複数あるBという人間の本当の姿だ。

私自身、フェイスブックやツイッターをやっていて、私の好きな人が、私の嫌いな人と親しくしている様を日常的に見ている。最初は気分が悪かったが、だんだん、やっぱり、全方位的にみんなから嫌われる人というのは、そうはいないんだなと思うようになった。そして、私の嫌いな人が、どうして私に対してはああいう態度になるのか、改めて考えた。それで、彼のことが理解できた部分もあるが、まァ、だから好きになるかというと、また別問題だ。……

人が誰と親しくつきあうかというのは、まったく自由だ。私が口出し、影響を及ぼすことが出来るのは、**相手の私に対する分人まで**である。もちろん、その相手の私に対する分人が、別の人間との分人のことで相談してくる時には、出来るだけのことをする。しかし、その他の交際範囲については、余計な口出しを慎むべきだろう。

コミュニケーションはシンプルに

ものを言うときに、相手がそれをどう受け取るか、配慮するのは当然のことだ。雰囲気だとか、お互いの立場だとか、議論の流れだとか、色々な事情で、その場では同意したものの、釈然としないという経験は、誰にでもあるだろう。しかし、もしあなたが「分けられない個人」だとするなら、あなたは、その考えを〝受け容れた人間〟、ということになる。

他方で、言う側も、相手があまりにナイーヴで、何でもこちらの言うことを信じてしまうような時、こんなに大きな影響を、この人の人生に及ぼして良いんだろうかと不安を感じることがある。その人の自我に、目の前で直接、自分の発した言葉が刻みつけられていっているような戸惑いだ。

言葉には、相手の人生の自由をどこかで奪うような暴力性がある。しかし、言う側が、その暴力性を気にするあまり、一々留保をつけながら喋ったり、あまり真に受けすぎないでほしいと言ったりしだすと、コミュニケーションは無駄に煩瑣《はんさ》になり、何を信じて良いのかわからなくなる。

「大学なんてつまらないところに行くな！」と言う人がいるとする。その場の雰囲気でそれに同意して、あるいは、それをそのまま素直に信じて、大学に行かなかった人が、将来喰うのに困って、その人のところに文句を言いに行ったとする。しかし、発言した人が、責任を感じて生活の面倒を看るかと言えば、相手にしないだろう。「確かに言ったけど、その判断は自己責任じゃないか」と。そして、次からは、あまり過激なことは言わなくなるか、言っても「真に受けないように」と予め責任を回避しておくか、どちらかに違いない。

しかし、**コミュニケーションは、極力シンプルな方がいい。**お互いに色々と気を回さずに、思ったことをそのまま言い合うのが理想だ。

言葉の暴力性は、「分けられない個人」という前提で考えているかぎり、なかなか解消できない。なぜなら、発言が一々、相手の全人格にダイレクトに響くからだ。

しかし、分人という単位で考えるなら、**あなたが語りかけることが出来るのは、相手の「あなた向けの分人」だけ**である。その一方で、**あなたの言葉は、相手の「他の様々な人向けの分人」に常に曝《さら》されている。**相手との関係性の中で、あなたが悪意を持って何かを相手に信じさせたとしても、その言葉は、相手の中の別の友人との分人や両親との分人などを通じて吟味される。

「さっき、あの人といた時はなるほどと思ったけど、両親と喋っていたら、やっぱりおかしな考えだという気がしてきた。」

欺す人間は、一対一だと思うから、相手の心を乗っ取りやすい。しかし、自分の言葉が、常に相手の複数の分人に公開されている、常に違った文脈から読み替えられる可能性があると想像すると、躊躇《ちゅうちょ》するだろう。

逆に、あなたが善意を持って何かを訴えた時にも、相手は「分けられない個人」で孤独にそれについて判断するのではなく、**他の人との分人を通じて吟味する**機会を持てる。

こうした前提に立つなら、私たちは、自分の言葉が、相手の本質を規定してしまうというような心配に煩わされることなく、思いきって、その時々に感じたこと、考えたことを口に出来るはずだ。

あなたの言葉が、最終的に相手の人生を変えるようなものだったとするなら、それは様々な分人を通じて、文脈を変えながら検討され、同意されたということだ。さもなくば、あなたとの分人のみが影響を被る言葉だったと考えるべきだろう。

分人は、個人よりも単位が小さいだけに、一見コミュニケーションはより複雑化するかに見える。しかし実際は、**個人という概念の大雑把さ故に、コミュニケーションはかえって細かな配慮を要請され、複雑になっている**のだ。

大切なのは分人のバランス

人間には、どうしても相性がある。すべての人とうまくやっていける人など、この世にはいない。私も先ほど、嫌いな人間のことを語ったばかりだ。

もちろん、嫌いな人と顔を合わせずに済むのならいいが、そうはいかないことも多い。

職場の上司だったり、取引先の担当者だったりと、日常生活の中には、避けられない相性の悪い人もいる。

私の友人に、会社で上司に長らくパワハラを受け続けている人がいる。彼の話では、明らかにその上司が悪いが、小さな会社なので、人事による解決は難しいという。彼は今のところ健康だが、会う度に心配になる。

私はそれで、彼に分人の話をした。会社の上司との分人と、妻や友人との分人とを区別して考えた方がいい。上司との間には、不幸な分人化が起きているが、自分のアイデンティティ——自分の個性を考える上では、その分人の比率は大きく捉えずに、妻や友人と一緒にいる時の分人を大切にする。自分が「分割できない個人」だと思ってしまうと、その会社の状態のままで、他の人とも接しなくてはいけない。それは楽しくないだろう、と。

もちろん、こうした分析によって、問題が一気に解決されるわけではない。しかし、分人という視点を導入することで、現状を見つめ直すことは出来る。彼と同様に、職場の人間関係で悩んでいた別の知人は、人事異動で、イヤな上司の下を離れ、その分人を生きずに済むようになってから、見違えるほど元気になった。

最近、耳にするのは「新しいタイプの鬱病」の症例で、体調が悪いと会社を休み続けているので、同僚や上司が見舞いに行くと、本人はピンピンして、友達と飲みに行っていた、という類である。

以前なら、単なる仮病と思われたに違いないが、本人は、収入の不安もあり、仮病など使って会社をクビになりたくはない。それでもどうしても行けない。しかし、友達に誘われると、急に体が軽くなって元気になるのである。

私は精神科医でもカウンセラーでもないが、この話を聞いて考えたのは、かつては個人を単位として発症していたウツが、今は分人単位で起きているのではないかということだ。

不幸な分人を抱え込んでいる時には、一種のリセット願望が芽生えてくる。しかし、この時にこそ、私たちは慎重に、**消してしまいたい、生きるのを止めたいのは、複数ある分人の中の一つの不幸な分人だ**と、意識しなければならない。誤って個人そのものを消したい、生きるのを止めたいと思ってしまえば、取り返しのつかないことになる。このことは、『フェカンにて』という小説では、「自己」と「自己像」との違いというかたちで整理した。

私はこのテーマを、『空白を満たしなさい』という最新の長篇小説でも再び取り上げた。

一度、分人が生じている以上、それを容易に排除することはできない。しかし、関係を断てば、その分人が更新されることもなくなり、一日の中でその分人を生きる時間も減っていく。そうすれば、**相対的に、他の分人よりも比重は低下していく**はずである。

重要なのは、常に**自分の分人全体のバランスを見ていること**だ。いつだって自分の中には複数の分人が存在しているのだから、もし一つの分人が不調を来しても、他の分人を足場にすることを考えれば良い。「こっちがダメなら、あっちがある」でかまわない。そのうちに、余裕が出来た時には、不調を来している分人の扱いをどうすべきか、改めて考えても良い。

人生はハイリスク、ハイリターンだ、一つの人格を一か八かで生きればいい、という人もいるだろう。それでうまく行っているという人がいるなら、何も問題はない。ラッキーなのだから、そっとしておこう。しかし、私たちが今日直面している社会の複雑さは、ラッキーだけでは乗り越えられないものだ。少なくとも、思い悩んでいる人間に「ラッキーになれ」と助言することは出来ないはずだ。

分人で可視化する

以上のように、分人という単位の導入は、何よりもこれまでの**個人という単位では大きすぎて扱えなかった問題を整理する**のに有効である。

確認のために、ここで、第一章で取り上げた私自身の体験が、分人の観点からはどのように理解できるか、見ておこう。

例として、新旧の友人が同席したときの戸惑いを挙げた。それが何だったのかは、もうおわかりだろう。高校時代の友人との分人と、大学時代の友人との分人が同時に現れようとして、ややこしくなっていたのだ。しかし、もし彼らの方も、分人という概念を理解していたなら、まず私が、高校と大学とで異なる人格を持っていることに対して、何の疑問も持たなかっただろうし、そのスイッチングの混乱も、特に怪しむべき現象とは思わなかっただろう。

これを振り返っていて、私はもう一つ思い出したことがある。

私は、小学生のころは何とも思わなかったのに、中学生になると、母親が運動会を見物に来ることが、急にすごくイヤになった。私だけではない。同級生は大体みんなそう言っていた。

私は、親と喋っているところを友人に見られるのがイヤだったし、級友と必死で騎馬戦を戦っているところなどを、親に見られるのはもっとイヤだった。

私は、それをただ、思春期になって親離れを始めたからだと考えていた。しかし、この問題も、むしろ、分人に着目して考えた方が腑に落ちる気がする。私はやはり、親に対する分人と友達同士の分人とが、混ざってしまうことを嫌っていたのだろう。友達向けに目いっぱい分人化しようとしても、どこかで親に見られているという意識が、それを邪魔してしまう。帰宅後、「家では見せないような表情を見た」などと言われたくない気持ちがあった。別段、年頃になって、親を毛嫌いし始めたというわけでもなかったのだ。

パリの語学学校で生まれた「陰気な私」と放課後の「快活な私」も、二つの分人として説明できるだろう。私はどちらも意図してキャラ選択をしたわけではない。語学学校のクラスでの分人と、日本人の知り合いとの分人の二つが存在した。そのどちらもが、「本当の自分」だった。

分人が生まれるプロセスは、意図的にはコントロールしきれないものである。私が語学学校でいくら努力しても、放課後の私ほどには快活になり得なかっただろう。

分人は必ず、他者との相互作用で生じる。私は、あの陰気だった語学学校での分人は、半分はあの暗いスイス人たちのせいだった（！）と今では思っている。彼らは決して、悪い人たちではなかった。むしろ、まったく別の場所で、別の形で出会っていたなら、私たちは互いにもっと違った分人になっていただろう。

私は、クラス替えによって途端に元気になったが、同じ学校でも、一緒に教室にいる人が違うだけで、ああも変わるものである。環境を変えるというのは、単純だが、特効薬的な効き目を発揮することがある。

「自分探しの旅」は、文字通りに取るとバカげているように感じられるが、じつは、分人化のメカニズムに対する鋭い直感が働いているのかもしれない。なぜなら、この旅は、分人主義的に言い換えるなら、新しい環境、新しい旅を通じて、**新しい分人を作ることを目的としている**からだ。今の自分の分人のラインナップには何かが欠落している。本当に充実した分人がない。従って、それらの総体からなる自分の個性に飽き足らない。……

実際、海外生活での分人に意外な生き心地を発見して、現地でコーディネーターなどの職に就く人もいる。その時に、理想的な構成比率の分人を生きられるようになった（＝自分が見つかった）ということは、祝福されるべきことだ。

閉鎖的な環境が苦しい理由

引きこもりには、対人関係を遮断することで、「消したい分人」を消滅させる一面がある。実際、後に触れるように、出家は、社会的な分人を抹消して、宗教的分人のみを生きるために必要な手続きだ。

しかし、一旦引きこもってしまうと、新しい他者との出会いがなくなり、今抱えている他者との分人も更新の機会を失ってしまう。そのため、ただ過去の分人しか生きられなくなり、「変わる」ということがますます難しくなる。

閉鎖的な環境に置かれると、誰でも苦しくなる。それは、感覚的には皆が知っていることだが、私がその理由を掘り下げて考えてみたのは、『決壊』の後に発表した『ドーン』という近未来長篇小説の中でのことだった。

『ドーン』では、二〇三〇年代の有人火星探査がテーマとして取り上げられている。私は、その取材の過程で、人類が火星に行って戻ってくるのには、二年半から三年間もの時間が必要だという事実を知り、そんなことが、果たして可能なのだろうかと、まず疑った。

当時のNASAの計画では、クルーの数は六人ほどとされていた。二年半もの間、彼らはろくにプライヴァシーもないような狭い宇宙船や火星の基地に閉じ込められることになる。航海などとは違って、息が詰まるからちょっと外の空気を吸ってくる、ということも出来ない。何がしかの不具合が発生すれば、ただちに死が待っている。よほど相性のいい人同士だとしても、そのストレスたるや、ほとんど拷問だろう。ミッションの最も大きな不安要素は、実は宇宙船の技術よりも、クルーたちの精神状態なのだ。

なぜこうした閉鎖環境は、過酷なのか？　それは、クルーたちが、多様な分人化の機会を奪われているからではないのか、というのが、私の推測だ。

私たちは、日常生活の中で、**複数の分人を生きているからこそ、精神のバランスを保っている。**会社での分人が不調を来しても、家族との分人が快調であるなら、ストレスは軽減される。逆に、どんなに子供がかわいくても、家に閉じこもって、毎日子供の相手ばかりしている（＝子供との分人だけを生きている）と、気分転換に外に出かけて、友達と食事でもしたくなるだろう。専業主婦の育児疲れを理解するには、その分人の構成比率に対する配慮が必要だ。

有人火星探査のクルーたちは、二年半もの間、いわば職場での分人以外を生きられない状態に身を置かれる。彼らはまさしく、たった一つの顔しかない「個人」として生きなければならない。他方、その時代の地球では、ネットを通じて、ますます人間同士のコミュニケーションが活発になり、分人化が進んでいるだろう。私はその対比に、面白さを感じた。

二〇一〇年にチリの鉱山で、三十三人の作業員が坑内に閉じ込められるという落盤事故が起きた。救出までの数ヵ月間、坑内の作業員は、家族と電話で話せるようになっていたが、そのことが、彼らのストレス軽減に大きく寄与した。これは、閉じ込められた工員仲間との分人だけでなく、家族との分人も生きられるようにするための配慮だった。もしそうした外部との連絡手段が確保されなかったなら、坑内では凄惨な状況が発生していたかもしれない。

人間は、たった一度しかない人生の中で、出来ればいろんな自分を生きたい。対人関係を通じて、様々に変化し得る自分をエンジョイしたい。**いつも同じ自分に監禁されているというのは、大きなストレスである。**小説や映画の主人公に感情移入したり、アニメのキャラクターのコスプレをしたりする「変身願望」は、フィクションの世界との分人化願望として理解できるだろう。

分人化を抑えようとする力

では、私たちをたった一つの自我、たった一人の「個人」に統合しようとする力とは、どのようなものだろうか？

たとえば、専制的な政治権力は、一人の人間が、分割不可能な個人であるよりも、分割可能な分人の集合体である方が、当然、統治は難しくなる。ナチスのドイツやスターリン体制下のソ連では、国家に忠誠を誓う唯一の個人が求められ、秘密警察が、常に人々の**分人化を監視**していた。元々、「個人」が分割不可能であるのは、キリスト教の神が唯一神だったからだ、という事実を思い出してみよう。第二次大戦のような総力戦で、いざ、国民を動員しようとした時、一人の人間の内部で、国家に忠誠を尽くす分人よりも、家族との分人や女にうつつを抜かしている分人の方が大きいというのでは困るだろう。

分人化は、本を通じても起こり得るため、歴史の中では、宗教的な理由、政治的な理由で、幾度となく禁書・焚書が行われてきた。

一人の人間が抱える複数の分人を、「個人」へと統合しようとする現代の最も注目すべき例は、全国に張り巡らされた防犯カメラ網である。

『ドーン』で私は、「散影」というネットのサーヴィスを登場させた。これは、全国に設置されている防犯カメラをオンライン化して、誰でも、顔認識機能で検索できてしまうというものだ。例えば、私の顔写真を持っている人なら、膨大な防犯カメラの記録の中から、私が映っている映像を探し出せてしまうのである。

『顔のない裸体たち』の件《くだり》でも記した通り、私たちには、**分人が幾つあっても、顔だけは一つしかない。**従って、その顔に着目すれば、方々にバラバラになっている分人を統合できてしまう。実は、犯罪捜査では、既にこの技術は応用されている。少し前に、オウム真理教の逃亡犯が、相次いで検挙されたことがあったが、あれは、方々の防犯カメラの映像を、捜査員が手分けをして確認しているのではなく、顔認識システムによって検索しているのである。その結果、最早、オウム信者としての分人とは異なる分人を中心に生活していた逃亡犯も、足取りをつかまれることとなってしまった。

『ドーン』の世界では、「散影」と時を同じくして、「可《か》塑《そ》整形」という技術が広まっている。現在の整形手術は、一つの顔を別の一つの顔（もっと美しく、もっとカッコよく！）に変えるだけだが、この可塑整形は、特殊な物質を埋め込んで、一人の人間が複数の顔（分人ごとの顔）を持てるようにするものだ。

「散影」を利用するのは、国家権力ではなく、一般人である。なぜなら人は、自分の知人が、どんな分人を抱えているかを知りたいからである。その一方で、人は、他人に知られたくはない分人も抱えている。

恐らく、この関係はいたちごっこだろう。**人間は、放っておけば、対人関係ごとに別々の分人になっていく。しかし、その反動として、「個人」という整数的な単位に統合しようとする力も働く。**現実的には、私たちは、その二つのレイヤー（層）を往復しながら生きることになるだろう。

分人化の抑制は、何も無理矢理に行われるばかりではない。

たとえば、キリスト教で修道院に入ったり、仏教で出家したりするのは、社会的な関係を断って、神との分人、仏道修行をする分人以外の分人を処分するためだ。

女子修道院に入っている年頃の少女が、外にこっそり恋人を作ってしまえば、当然、そのカレとの分人が肥大して、神と向き合う分人を圧迫してしまう。従って、外部との関係を断たなければならない。出家した仏教徒が、かつての家族や恋人との関係を懐かしむ類の煩悩は、家族や恋人との分人を自分の中から抹消することの難しさを端的に示している。

また、ストックホルム症候群という不思議な現象についても、分人の観点から理解可能かもしれない。

銀行強盗などに襲われて、人質に取られた人々は、当然犯人を憎み、嫌い、一刻も早く助かりたいと思うはずだが、長い時間を一緒に過ごすうちに、なぜか犯人に共感し、協力し始めたりすることがある。それが、実際の事件に基づいてストックホルム症候群と呼ばれている精神の状態だ。この場合、閉鎖環境の中で犯人との分人が急激に肥大化し、家族や友人との日常的な分人を圧迫してしまっていると見ることが出来る。また、突入のために説得を続けている警察とは、分人化が起きていないので、その言葉を信用できない、ということもあるだろう。いずれにせよ、非常に特殊な状況下で生じた、一種の歪な分人だと言えそうだ。

分人主義的子育て論

一人の人間が、様々な分人の集合体だということは、子供の成長を考える上でも重要だ。

ヒトの成長過程で、最もコミュニケーションの機会が多いのは、基本的に両親、あるい

はそれに相当する存在だ。

生まれてきて、最初に分人化するのは親に対してであり、物心つく前から、つまりはキャラを変えたり、仮面をかぶったりという意識以前から、人間は対人関係ごとに異なる人格を示すようになる。母親に抱かれていると、おとなしい静かな子が、見知らぬベビーシッターに預けられると、何時間でも泣き続けたりする。それに「ペルソナ」という心理学の用語を用いたりすると、おかしな話になる。親は親で、保育園に迎えに行った我が子が、保育士に見せるのとはまったく違った笑顔になるのを目にすると、無性に嬉しくなる。それを見て、「子供が二重人格になった！」、「ああ、こんな幼い子にまで、人間のウラオモテを見るとは！」などと悲観する人はいないだろう。

人間は、かなり大きくなるまで、**親との分人をベースに対人関係を増やしていく。**従って、親の存在が大きいのは間違いない。「子は親の鏡」とはよく言うが、これは、子供の親との分人の意味とも解釈できる。子供の頃に親から虐待された人間は、その分人をいつまでも抱え込んでしまうことになる。

親に続いて、兄弟姉妹や親類、近隣住民との分人が生じ、更に保育園や幼稚園、小学校に上がるにつれて、友達や教師との分人も形成されてゆく。幼稚園に通い出した途端、どこで覚えてきたの？というような汚い言葉を使い出したとするなら、それは、友達同士の分人化が正常に起きている証拠だ。

結局のところ、子供の生育環境を考えるというのは、**その子にとって、どのような分人の構成が理想的なのか**を考えることなのだろう。育ちの良い、恵まれた人間にばかり囲まれているのがいいとは必ずしも言えない。社会そのものが、もっと複雑な、多種多様な人間によって構成されているからだ。

また、ネットの中には、例えば、ヒトラーを賛美するようなサイトも存在しているが、ナイーヴなまま、その思想にかぶれた分人が肥大化していって、他の分人を圧迫するようなことになっては大きな問題だ。実際、欧米で銃乱射事件が起きた時には、しばしば、そうしたサイトの影響が指摘されている。

いずれにせよ、分人化は起きる。かつては、親に見せる顔と学校で教師に見せる顔、それに友達といる時の顔が、それぞれに違うということが、否定的に語られていた。そのクセに、友達感覚で教師に話しかけたりすると、叱りつけられたりしたのだから、まったくちぐはぐな話である。

しかし、親の前と、教師の前と、子供同士とで顔が違うというのは、**子供なりに、まっ**

たく異なる人間と、どうすればコミュニケーションが可能かを模索した結果だ。それは決して、否定すべきことではない。

もしそれを咎《とが》めるなら、子供は、またしても不毛な「本当の自分」探しに駆り立てられることになり、現実の人間関係を、偽りの、表面的なものとして軽視しなければならなくなるだろう。

自分を好きになる方法

誰を好きになるよりも、一番難しいのは、ひょっとすると自分自身なのかもしれない。なぜなら、自分のことは、あまりによく知りすぎているから。よほどのナルシストでない限り、人は、そんなに自分を全面的に肯定できないだろう。

私が、小説の中で、分人という概念を初めて登場させたのは、前述の通り『ドーン』だったが、その前作『決壊』では、もう一歩のところまで迫っていた。『決壊』の主人公は、「本当の自分」などというものを信じていないが故に、空虚感に苛《さいな》まれている。

彼は、こんなことを口にしている。

「自分か世界か、——どちらかを愛する気持ちがあれば、人間は生きていける。だけど俺は、そのどちらに対しても、あの頃、愛情を失いかけてた。」

世の中のことが大嫌いで、社会に絶望していても、自分が好きであれば、生きていける。逆に、自分のことを好きになれなくても、世の中が楽しければ、生きていけるのかもしれない。問題は、そのどちらもが我慢ならなくなることだ。

自分に対して否定的になっている人に、まず自分を愛しなさい、自分を大事にしなさいと言っても、あまり意味がないのではないか？　嫌いというのは、不合理な感情だ。単に好きになれと言われてみても、ハイそうですか、とはならないだろう。

しかし、自分という人間の全体を漠然と考えるのを止めて、分人単位で考えてみるとどうだろうか？

自分のことが嫌いな人がいれば、自分の分人を一つずつ、考えてみよう。

「Aさんと会っているときの自分は、快活で、面白い冗談なんかも自然と口に出来て、満更でもない。」

「Bさんと一緒にいるときの自分は、いつも真剣だ。それはそれで充実感がある。」

「Cさんといるときの自分は、なんか、肩が凝って、イマイチだ。」

「Dさんと、……」

人は、なかなか、自分の全部が好きだとは言えない。しかし、**誰それといる時の自分（分人）は好き**だとは、意外と言えるのではないだろうか？　逆に、別の誰それといる時の自分は嫌いだとも。そうして、もし、**好きな分人が一つでも二つでもあれば、そこを足場に生きていけばいい。**

それは、生きた人間でなくてもかまわない。私はボードレールの詩を読んだり、森鷗外の小説を読んだりしている時の自分は嫌いじゃなかった。人生について、深く考えられたし、美しい言葉に導かれて、自分がより広い世界と繫がっているように感じられた。そこが、**自分を肯定するための入口**だった。

分人は、他者との相互作用で生じる。ナルシシズムが気持ち悪いのは、他者を一切必要とせずに、自分に酔っているところである。そうなると、周囲は、まあ、じゃあ、好きにすれば、という気持ちになる。しかし、誰かといる時の分人が好き、という考え方は、**必ず一度、他者を経由している。自分を愛するためには、他者の存在が不可欠だという、その逆説こそが、分人主義の自己肯定の最も重要な点**である。

人間が抱えきれる分人の数は限られている。学校で孤独だとしても、何も級友全員から好かれなければならない理由はない。友達が三、四人しかいないと思うか、好きな分人が三つ、も、あると思うかは考え方次第だ。逆に十人も二十人も友達がいて、そのすべてに最適に分人化するのも、けっこう大変だろう。

そうして**好きな分人が一つずつ増えていくなら、私たちは、その分、自分に肯定的になれる。**否定したい自己があったとしても、自分の全体を自殺というかたちで消滅させることを考えずに済むはずだ。

第４章　愛すること・死ぬこと

「恋愛」、つまりは「恋と愛」

分人という単位を通じて、自分について考え、他者について考えてきた。では、両者が愛し合う「恋愛」はどうだろうか？

恋愛の定義には、人それぞれの思い入れがあるだろうが、こちらが相手を愛し、相手もこちらを愛することで、思いが双方向的になる、というのが基本的なイメージだろう。一方的だと、いわゆる「片思い」だ。

もちろん、この理解が間違っているわけではない。しかし、ここで指摘したいのは、前章の最後でも確認した、もう一つの矢印の動きだ。

まず、話を整理するために、**恋愛を「恋」と「愛」との二つに分ける**ところから始めてみよう。

「恋」とは、一時的に燃え上がって、何としても相手と結ばれたいと願う、激しく強い感情だ。人を行動に駆り立て、日常から逸脱させてしまうが、継続性はない。ヨーロッパの概念では、プラトンも論じている「エロス」に対応するものだろう。

他方、**「愛」は、関係の継続性が重視される概念だ。**激しい高揚感があるわけじゃないが、その分、日常的に続いてゆく強固な結びつきがある。「エロス」に対して、アリストテレスが詳しく説いている「フィリア」という概念に対応するもの、とここでは整理しておこう。

一口に恋愛といっても、この「恋」の局面と「愛」の局面とは異なっている。

多くの場合、**恋愛は、恋から始まって愛へと深まっていく。**動物の場合は、正しく「求愛行動」だ。しかし、価値としてどちらが重要だと言うことは難しい。直向《ひたむ》きな恋をしている人は、相手と永遠に結ばれる愛の日々を願っているだろうが、逆に、安定的に関係が継続される愛の状態にあると、折々、激しく高揚する恋を体験したくなる。**人間の恋愛感情は、シーソーのように、どっちかが高まればどっちかが低下する、ということを繰り返し続ける**のだろう。

いわゆる「恋愛小説」で描かれてきたのは、圧倒的に恋の方だった。互いに恋心を抱き合っている男女が、様々な障害のためになかなか結ばれないというストーリーは、『ロミオとジュリエット』から、今日のテレビドラマに至るまで、散々繰り返されてきている。なぜなら、登場人物は情熱的に行動しやすいし、二人が結ばれるという「愛」の状態がゴールとして設定されているため、展開を辿りやすいからだ。

他方で、愛を描こうとすると、話は日常的に継続している関係が中心になるのだから、ストーリーの起伏をつけることは難しく、情熱的な場面も描きにくい。わかりやすいのは、それが非常に特殊な事情で続いている場合、あるいは、愛の終わり、崩壊というゴールが見据えられている場合だ。

例えば、若き日のダスティン・ホフマンが主演した『卒業』という映画は、恋が終わり、愛が始まると、二人はどうなるのか？という、どことなく不安げなシーンで幕が下りる。

そもそも、「個人」と同様、「恋愛」という日本語も、明治になってヨーロッパから輸入したloveという新しい概念の翻訳で、最初はなかなか理解されなかった。個人と個人とが愛し合うという形での恋愛が、人生の一大事だという考え方が、当時の日本人にいかにピンと来なかったかは、様々な文章から見て取れる。

私は『一月物語』の中で、「社会」対「個人」という思想の下に、自由民権運動に参加したものの、結局挫折し、「恋愛（ラッヴ）」をする自分というアイデンティティに救いを求め、情熱を賭けようとする主人公を描いた。これは、「恋愛」を「思想」にまで高めて同時代人に鮮烈な驚きを与えた、明治期の浪漫主義の詩人、北村透谷にインスピレーションを得ている。

あまりにも大きなテーマなので、本書では扱えないが、ご興味のある方は、谷崎潤一郎の「恋愛及び色情」という短い、非常に面白いエッセイを読まれることをお薦めする。

三島と谷崎の「恋」と「愛」

日本の近代文学史上、「愛」よりも「恋」を断然重視したのは、三島由紀夫だ。『豊饒の海』の第一巻『春の雪』は、まさしく叶わぬ恋の物語だが、彼は、「愛国心」というエッセイの中で、「愛という言葉は、日本語ではなくて、多分キリスト教から来たものであろう。日本語としては『恋』で十分であり、日本人の情緒的表現の最高のものは『恋』であって、『愛』ではない。」と明言している。

三島の「恋」と「愛」との区別は、私の定義とやや異なっていて、「愛」を観念的で、博愛主義的な「無限定無条件」なものと見ている。これは、彼が「愛」と言う時、キリスト教の神の愛を意味する「アガペー」を念頭に置いているためである。それに対して、「恋」は情緒的で「限定性個別性具体性の裡《うち》にしか、理想と普遍を発見しない特殊な感情」としている。「恋」は、一言で言うと、偏愛的、ということか。

三島の説くこの「恋」は、実のところ、明治時代にかなり苦労して日本人が理解した西洋近代的な「恋愛」そのもののようだが、それはともかく、彼が感情の激しい起伏において、「恋」と「愛」とを分けている点では、私の定義とも合致している。恋愛小説ではないが、『英霊の聲』という小説の中でも、二・二六事件の将校たちが、天皇への「愛」ではなく、「恋のはげしさ」をしきりに説いているのは印象的だ。

他方で、「恋」よりも「愛」をむしろ重視した珍しい作家は、谷崎潤一郎だった。『痴人の愛』のような作品を読んでも、主人公とナオミとの馴れ初め、つまり「恋」に相当する部分は、いかにもあっさりとしか書かれていない。その代わりに、その後、継続する関係、つまり「愛」については、かなり細かく描かれている。ところが、それを継続させているものは、「性欲」である。しかも、些《いささ》か特殊な。

谷崎の場合、先ほどのエッセイにも書かれているが、男女の「恋」は、ほとんど「色情」、つまり、性欲としか捉えられていない。「愛」はその延長上にある。私の言った意味での「恋」は、むしろ『母を恋うる記』や『少将滋幹の母』のように、母性へと向けられている。

しかし、私生活上の妻との関係や、彼自身の年齢的なものも手伝って、谷崎もその後、男女の関係を持続させるものは、「性欲」だけなのだろうかと、恐らく考えたのだろう。『痴人の愛』の数年後に書かれた『蓼喰う虫』、『卍』では、いずれも、性的には不一致で、妻が不倫をしているにも拘らず、夫婦関係を維持している男女が描かれている。それは必ずしも、三島が語る観念的な関係というわけではない。

二人の作家の資質が、とりわけ、顕著なのが「恋愛」に対する考え方である。

どうすれば、愛は続くのか？

私自身が、「恋愛」について改めて考えたのは、『かたちだけの愛』という小説を執筆した時のことだ。

この小説は、交通事故で片足を失った女優と、その義足のデザインを依頼されたプロダクト・デザイナーとの「恋愛」をテーマにしている。失われた足よりも、もっと「美しい義足」を彼女のために作りたいと、そのかたちを考えていくプロセスで、二人の間の愛のかたちが模索されるというのが筋だ。

『ドーン』の終盤で、私は分人主義と恋愛との問題にぶつかって、次作では、このテーマを改めて掘り下げてみたいと考えた。「恋愛」と「恋愛小説」を、一から考え直すというのが、私の課題だった。

誰かのことが、好きになれば、それは即ち恋だ。身近な誰かのことが急に気になり出した時、「これって恋？」とは思うだろうが、「これって愛？」とは思わない。むしろ、愛し合えればいいと夢見ている段階だ。

fall in love は、「恋に落ちる」と訳されているが、「愛に落ちる」とは訳されなかった。**恋は不可避的で、出会いさえあれば、決して難しくない。**自分でもコントロールできず、勝手に芽生えてしまう感情で、たとえ相手が、好きになってはならない人でも、好きになってしまうのが恋だ。

しかし、そこから**関係を持続させていく愛の段階に入ると、必ずしも簡単ではない。**

しばしば雑誌の恋愛相談などで示される解決法は、恋の状態を延命させ、何とか新鮮に保ち続けることで、関係を持続させようという試みだ。そのために、自分を磨き、劣化を防止し、自分が相手のことをどんなに愛しているか、表現し続ける。恋人や妻が髪でも切った時には、「きれいになったよ（かっこよくなったね）」と、一言声を掛けてあげましょう、記念日を忘れないようにしましょう、恥ずかしがらずに「愛しているよ」と言いましょう、云々。……

これらは、いずれも、自分が愛する分だけ、相手も愛してくれる、という、いわば、双方の献身が釣り合っている状態を理想とするものだ。中には、「無償の愛」として、一切見返りを求めない、自己犠牲的な愛もある。しかし、いずれにせよ、ベクトルの方向は、自分から相手へ、また相手から自分へ、というものだ。

私はしかし、そういうのは、恋の段階だと嬉しいが、何年も関係を継続させていく上では、だんだん、辛くなってくるんじゃないかと思う。

大体、**愛というのは、「恋愛」に限らず、親子愛、兄弟愛、師弟愛、郷土愛、……と、様々な形がある。**それらの感情のいずれもが、短期間に燃え上がるという「恋」の性質とは違う、**継続性**が期待されている。

どんなかたちの愛であれ、私たちは、愛する人と一緒に過ごす時間が心地良い。もっと言うなら、一緒にいるだけで、相手がどうだろうが、勝手にこっちがうれしい。心が安らぐ。夢見心地になる。静かな喜びに満たされる。そして、**持続する関係とは、相互の献身の応酬ではなく、相手のお陰で、それぞれが、自分自身に感じる何か特別な居心地の良さ**なのではないだろうか？

分人主義的恋愛観

話を整理しよう。

これまでの恋愛観は、一対一の個人同士が、互いに恋をし、愛するというものだった。しかし、分人のレヴェルで見るならば、次のように考えることが出来る。

愛とは、「その人といるときの自分の分人が好き」という状態のことである。つまり、前章の最後に述べた、**他者を経由した自己肯定の状態**である。

なぜ人は、ある人とは長く一緒にいたいと願い、別の人とはあまり会いたくないと思うのだろう？　相手が好きだったり、嫌いだったりするからか？　それもあるだろう。しかし、実際は、**その相手といる時の自分**（＝**分人**）**が好きか、嫌いか、ということが大きい。**

あなたが男性で、二人の女性がいるとする。一人は、話していてもリアクションがイマイチだし、相手の話もあまり面白くない。ちょっと油断するとしんとなってしまうし、笑顔もこわばりがちだ。一方、もう一人は、一緒にいると楽しく喋れるし、ジョークもウケる。何より、相手の笑顔が自分に自信を与えてくれる。時が経つのも忘れてはしゃいで、うっかり終電を逃しそうになった。

どっちと、またデートしたいと思うだろうか？　言うまでもなく後者だろう。前者の女性といる時のあなたの分人は、冴えない、生きていてあまり面白くない分人だ。他方、後者との分人は、**生き心地が良い**、**楽しい分人**だ。前者ばかりを生きていると、あなたは自己嫌悪に陥るだろう。しかし、後者の分人は、自分に対して肯定的な感情を抱かせてくれる。英語で言う、enjoy myself という状態だ。

あなたは、後者の彼女の存在によって、自分を愛することが出来る。結局、他者経由の自己愛なのかと思われるかもしれないが、それはそんなに寂しいことだろうか？

逆を考えてみてほしい。

今度は、あなたと別の男が、ある一人の女性を同時に好きになったとしよう。あなたは彼女に選ばれたい。そして、色々アピールしたことの何が功を奏したのか、彼女はライヴァルではなく、あなたを選んだ。そこで、訊くのも野暮だが、あなたは彼女に、どうしてあの野郎（！）ではなく、自分を好きになったのか、と尋ねたとする。その時の彼女の答えがこうだったとしたら？

「あなたと一緒にいると、いつも笑顔が絶えなくて、すごく好きな自分（＝分人）になれる。彼といても、そうはなれなかった。その好きな自分を、これからの人生で出来るだけ、たくさん生きたい。だから、あなたがいてくれないと困ると思った。」

私なら、そう言われると、「あなたの方が好きだから」と単に言われるより嬉しいんじゃないかという気がする。あなたの存在のお陰で、相手が自分を好きになれると言った。

素晴らしいことだし、あなたが彼女にとって必要な存在だということにも、リアリティがある。あなたと別れてしまえば、彼女はその「好きな自分」を生きられない。だからこそ、関係を持続させたいと思う。

愛とは、相手の存在が、あなた自身を愛させてくれることだ。そして同時に、あなたの存在によって、相手が自らを愛せるようになることだ。その人と一緒にいる時の分人が好きで、もっとその分人を生きたいと思う。コミュニケーションの中で、そういう分人が発生し、日々新鮮に更新されてゆく。だからこそ、互いにかけがえのない存在であり、だからこそ、より一層、相手を愛する。相手に感謝する。

一々、お互いに愛していることをアピールし続けないでも、互いの存在そのものが、既にして、一緒に居続ける必然なのである。

この定義は、先ほどあげた、広く一般の愛にも言える。両親の前での分人、子供の前での分人、師の前での分人、故郷にいる時の分人、――それらが心地良く、それらを生きることが喜びであるなら、あなたは両親を愛し、子供を愛し、師を愛し、故郷を愛しているということだ。

今つきあっている相手が、本当に好きなのかどうか、わからなくなった時には、逆にこう考えてみるべきである。**その人と一緒にいる時の自分が好きかどうか？**　それで、自ずと答えは出るだろう。

複数の人を同時に愛せるか？

「個人」という単位について考えた時、これはそもそも、唯一神に対応していたために、分割不可能で、一切隠しごとのない存在である必要があったと記した。そして、西洋近代の恋愛観は、この「個人」が単位となっているために、必然的に、お互いを唯一神とするような性格のものとなっている。そこに、多くの恋愛小説の苦悩の根本がある。明治の日本人が、「恋愛」なるものがさほどに崇高で、絶対的なものだと理解できなかった理由の一つは、この背景によっている。

現代でも、恋人のケータイをチェックしたり、どんな些細なことでも、隠しごとは絶対に許さないと宣告したりする人がいる。そういう人は、相手の神になろうとしている。自分も全てをさらけ出すからお互い様だ、と言うならば、ついでに相手をも神にしようとしている。それは、**一対の神の恋愛**だ。

しかし、人間は、相手が自分と一緒にいる時の分人しか知ることが出来ない、他の人と一緒にいる時の分人は隠れてしまう、それをすべて知り尽くすことは出来ない、というのが、分人主義の基本的な考え方だった。キリスト教徒が、進んで何でも告白するのは、どうせ神はどこで何をしていてもすべてお見通しだと思っているからだ。しかし、人間はGPSや盗聴器で四六時中監視しているのでない限り、そんなことは出来ない。

「恋」と「愛」とは、シーソーのような関係だと私は先ほど記した。誰かと深く愛し合っている時にも、別の誰かと恋に落ちることはある。いわゆる浮気、不倫だ。恋愛は、個人同士の一対一の関係だという原則に忠実に、その恋を愛と早合点して、今の夫や妻と別れ、再婚してみても、実は愛ではなく、ただの恋だったと気づいて、持続的な関係は難しいと悟るようなこともある。その人と一緒にいる時の分人は、思ったほど好きじゃなかった。一時的に恋をした相手だったけど、愛を持続させるべきは元カレ、前の女房だった、と。——あとの祭りである。

私は、人間は分人の集合体であり、重要なのは、その構成比率だと繰り返し書いてきた。その際に、恋をしている分人、誰かと愛し合っている分人を複数抱えている、ということは容易にあり得る。不倫や浮気が決して無くならないのは、その何よりの証拠だ。文学はまさしく、**個人であるはずの主人公が、恋愛をする複数の分人を抱えてしまっている**

ことによる矛盾と葛藤を、飽きもせずに延々と描いてきた。

単位としての価値中立的な「分人」ではなく、**思想としての「分人主義」**を考える上で、判断が大きく分かれるのは、まさしくこの問題だろう。つまり、複数の恋愛する分人を抱えた人間同士が、愛し合うということを認められるかどうか？　パートナーに別のパートナーがいることを許容できるかどうか？

そんなこと、出来るはずないじゃないかと、すぐに憤慨する人もいるだろう。まず第一に、嫉妬がある。例えば、森鷗外の代表作『雁』では、妾を持つことが珍しくなかった時代にも、嫉妬の感情は当然存在していた様が描かれている。

私は、『ドーン』でも『かたちだけの愛』でも、この問題を扱ったが、登場人物の中には割り切れないものが残り続けた。『ドーン』の主人公の妻の切実な疑問は、人間は分人同士でしか愛し合えないのか？というものだった。

「ひとりの人間の全体同士で愛しあうって、やっぱり無理なの？」

私の筆は、この問いに対しては、結局、やや保守的な着地点に辿り着いた。

しかし、先述の通り、『蓼喰う虫』も『卍』も、あるいは『雁』も、その状況を描いたものだった。古くは『源氏物語』のように、多くの女性と同時並行で恋愛を楽しんでいることが優雅とされた時代もあった。光源氏は、恋にも熱心、また愛にも誠実な分人を複数抱え込んでいる。

二十世紀には、哲学者のサルトルとボーヴォワールが、そうした〝同時進行公認〟の関係だった。サルトルは、ボーヴォワールに、「僕たち二人の愛は必然だ、しかし、僕たちは作家なのだから、偶然の愛も経験すべきではないか？」と語ったという有名な逸話がある。「偶然の愛」とは、つまりは恋のことだ。

この場合、重要なのは、他の人に恋をするのは、必ずしも、今のパートナーを愛していないからではない、ということである。個人と個人との恋愛では、誰か他の人を好きになるというのは、即ち自分をもう愛してないという意味だった。しかし、どの分人も「本当の自分」なのだとすれば、同時進行は可能だ、ということになる。

これに関しては、絶対に理解できないという人と、理解できるという人とが分かれるだろう。頭では理解できても、体の関係はやはり生理的に容認できないという人もいるに違いない。分人主義には肯定的でも、結婚して子供が出来、その子との分人を生きるのが楽しくて、恋をする分人まで生きたいと思わなくなった、という人もいるはずである。

分人と嫉妬

嫉妬について、もう少し考えてみよう。

夫婦や恋人のあいだで嫉妬の対象になるのは、何も新しい恋の相手ばかりではない。家族や友人に対して嫉妬を抱くこともあるし、人間ではなく、仕事や趣味の場合もある。

この問題は、**相手の中にある複数の分人のうち、「自分向けの分人」がどのくらいのウエイトを占めているか**にかかっている。自分向けの分人よりも、あきらかに、同性の親友との分人の方が生き生きとして見える。仕事をしている時の分人や趣味に没頭している時の分人のほうが、大事にされている。そういう時には、不満や嫉妬が募っていく。

「わたしと仕事、どっちが大事なの？」という詰問は、文字通りに取ると、比較しようのないものを比べている、バカげた発想のように思われる。しかし、「**どっちの分人が大事なの？**」となると、話は違う。

人間には、一日二十四時間、一年に三百六十五日しか時間がない。そして、どれほど健康な人でも、無尽蔵のエネルギーを抱えているわけではない。財力にも限界がある。それら貴重なものを、どの分人に費やすのか？　自分に対してか、それとも、趣味か、仕事か。――そう考えるならば、「わたしと仕事、どっちが大事なの？」という問いは、必ずしも突拍子もないものではない。

　仕事のための分人が大きく肥大して、恋人との分人が相対的に小さくなっている人は、普段は仕事に没頭し、休日にはその分、ゆっくりしたい。しかし、仕事は特に忙しくなく、恋人との分人が最も大きなウェイトを占めている人は、せめて休日くらいは、自分との分人だけを生きてほしいと願う。自分との分人は、彼にとって大して重要でないのだろうかと思うと、悶々としてくる。それが不和の火種となる。その意味では、**パートナーはよく似た分人のバランスを持っている人が理想的**なのかもしれない。しかし、双方ともに仕事の分人が充実しすぎていて、相手に対する分人が萎んでしまえば、よく芸能人の離婚などでも語られる「多忙故《ゆえ》のすれ違い」という状態になる。

　しかし、だからといって、自分の興味のすべてを恋人に共有してほしいと願う人もまた、困りものだろう。釣り好きの夫が、生きた魚など触りたくもない妻に、どうしても釣りをさせようとするのは無理な話だ。それはそれで、釣り仲間との分人で欲求を満たしてもらった方がありがたいに違いない。その分、自分は韓流スターに夢中になっている分人を生きることだって出来る。

「自分向けの分人」以外の分人をまったく抱えていない人間もまた、つきあっていて息苦しいに違いない。結局は、その構成比率の問題だ。

片思いとストーカー

恋愛関係は、自分が抱いている「相手向けの分人」と、相手が抱いている「自分向けの分人」とのサイズが同じくらいでないと、なかなか、うまくはいかない。

片思いというのは、お互いの分人の構成比率が、著しく非対称な状態だ。こちらはどんどん好きになった人向けの分人を膨らませて、他の分人をすべて押し潰して、四六時中、その人のことばかりを考えているというのに、むこうはいつまで経っても、社会的な分人のまま自分と接している。あるいは、別の人間向けの分人の方が遥かに大きい。デートに誘ったら、忙しいからと断わられたのに、相手が別の人間とデートしていたと知れば、ショックで気がヘンになりそうだろう。その人にとっては、別の人間との分人の方が大切だという意味である。——これが、片思いの苦しみの正体だ。

ストーカーは、この極端な例である。ただし、普通の人間が、相手の中で自分向けの分人が大きな位置を占めないことをもどかしく感じたり、悲しんだりするだけなのに対して、それが許せず、**何としてでも自分向けの分人を大きくしようと、異常な手段に出るの**

がストーカーだ。

ストーカーは、大別すると、二種類に分かれるようだ。どこかで偶然知った相手を、一方的に好きになってつきまとうタイプ。もう一つは、かつてつきあっていた相手と、よりを戻そうとつきまとうタイプである。報道を見ていると、無言電話などの陰湿な手段だけでなく、相手を刺したりする凶悪なケースは、後者に多いようだ。

かつての恋人を殺そうとするストーカーの心理は、どういうものだろうか？ 自分向けの分人が、かつてとは違って、最早嫌悪感しか抱いていないのを知り、それを消し去ってしまおうとするのか、それとも、かつての恋人が、別の人間との分人で占められてゆくことに耐えられないのか。必ずしも一様ではないだろうが。

では、一途な恋心を抱く純粋な人間と、ストーカーとは、どこが違うのだろうか？

どことは言い難く、〝雰囲気〟が違うのかもしれないが、自分の思いの強度、つまり、どれほど愛しているかというアピールが、相手の心を動かすと信じる点では共通している。それは実際、個人と個人とが、お互いの愛を表現し合うというモデルに忠実である。

しかし、分人主義的に理解された愛では、相手の存在のお陰で好きな自分になれる、という点が重要だった。ストーカーのような、強引な分人化の強要は、された方も不快だが、している方も、恐らく自分に満たされてはいまい。まったくの逆効果である。

愛する人を失ったときの悲しみ

失恋の苦しみは、相手との分人が膨らむだけ膨らんだ後で、もう二度とそれを生きられなくなってしまうことにある。カレの前では、いつも楽しい自分でいられた。くつろいだ気分で甘えてみたり、くだらないイタズラをしたり出来るのは、その分人だけだった。それをもう、更新の機会もなく、さりとて、すぐに消し去ってしまうことも出来ないまま、しばらく抱えていなければならない。**自分の構成の中でも、大きな比率を占めていたその分人が、今はもう機能する機会がない。**

その別れた恋人との分人は、時間の経過と新しい誰かとの出会い（分人化）によって、少しずつ小さくなっていく。特に、新しい恋によって、生きているのが楽しい別の分人が生じれば、その分人は急速に廃用性萎縮を起こしてゆくだろう。

失恋の喪失よりもさらに深い喪失は、愛する人に先立たれてしまうことだ。

分人というのは、他者が存在しなければ、発生もしないし、維持も出来ない。たえず相手とのコミュニケーションを通じて更新され続け、鮮度を保ち続けている。つまり、分人は「生きている」のだが、相手が死んで、目の前からいなくなってしまうと、もう二度と更新できなくなる。

愛する人が存在しなくなったことは、もちろん、悲しい。同時に、**もう愛する人との分人を生きられないことが悲しい。**

訃報の悲しみは、しばしば遅れてやってくる。

誰かが死んだという知らせを受けて、その瞬間に涙を流す人は、実はそれほど多くないだろう。ショックは受けるが、実感はすぐには湧いてこないこともある。

しかし、しばらくすると、心底寂しさを感じる時が来る。ふとしたことで、故人を思い出し、「ああ、あの人と話がしたい」と思ったときにこそ、初めてその不在を痛感し、自分が最も愛していた自分、つまり、故人との分人を、もう生きられないことを知らしめられる。

もう、その分人は、思い出の中でしか生きられない。現在を生きている人の思いがけない言動で、更新されることはない。それが、愛する人を亡くしたときの悲しみだ。

心理学では、愛する人の死を受け容れるプロセスを、「喪の作業」と呼んでいる。それは、その故人との分人の活発な機能を、ゆっくりと休止させてゆくことなのだろう。

死者について語ること

故人について、「あの人がもし生きていたら、今頃こう言っていただろう」といった話はよく耳にする。それに対して、私は長らく、強い反発があった。

どうしてそんなことが言えるのか？　そんな勝手な思い込みは、死者に対する暴力じゃないのか？　相手が反論できないのをいいことに、自分の思いを押しつけようとしているだけじゃないか？　「『フェカンにて』」という小説の中で、私はそのことを早世した自分の父のことと関連づけながら書いた。そして、『空白を満たしなさい』では、やはり私自身とよく似た境遇の主人公が、まずはそのことを考えるシーンから話が始まる。

「死人に口なし」と言う通り、死者の心の内は、他人に語られるがままである。死者の声に耳を傾けなさいと、何かにつけて、人は尤《もっと》もらしく言うが、どうがんばってみても、それは結局、生きている人間の一方的な想像でしかないのではないか？

この考えを見直すきっかけとなったのは、大江健三郎氏との対談だった。私は、大江氏の『取り替え子　チェンジリング』という作品の冒頭で、主人公の長江古義人が、「田亀」と名付けられた古いカセットレコーダーのヘッドフォーンで、自殺した年長の旧友、吾良の声を聴きながら、対話に耽るシーンを念頭に置きつつ、今し方、書いたような疑問を率直に尋ねてみた。その時、大江氏は、こんなふうに答えている。

「ところが、僕のように、これだけ年とってから友人に死なれる場合は、文章を書くことによって次第次第に、その死んだ友人を自分の中に取り込んでしまうんです。あるいは、自分がその死んだ友人という他人の中に入り込んでいくんです。そして、むしろその死者と自分との関係があいまいなものになってくる。非常に主観的な関係に、相手を取り込んでしまう感じ。」（「今後四十年の文学を想像する」『ディアローグ』）

正直に言うと、私はその時、この「取り込んでしまう」、「入り込んでいく」という表現が、よくわからなかった。結局それは、生きている人間の勝手な思い込みなんじゃないかと、いつものように考えた。相手が他の人間だったら、そう言っていただろう。しかし、私は自分が愛読してきた小説の作者が、まさに目の前で語ったその言葉を、しばらく自分なりに考えてみることにした。

矛盾するようだが、私は他方で、大江氏の言わんとしていることが、わかるような気もしていた。故人について人が語るのを聴いていると、語る資格のある人と、ない人とがいることに、ある時から気づくようになった。この人は、さも親しかったように喋ってるが、故人を何も理解してなかったんじゃないか？　その一方で、なるほど、故人が今生きてたら、この人の言う通りに考え、行動したかもしれないと、思わせられる説得力のある人もいる。その違いは何なんだろう？　「非常に主観的な関係」に、ある客観性が備わっているような印象だった。

　言葉というのは、私たちそれぞれが生まれる遥か以前から存在していて、死後、遥か後まで存在し続けている。私たちは、生きている数十年の間、一時的にそれを借りて自分を表現しているに過ぎない。誰から借りるのか？　――必ず、他者から。本であろうと、対面の会話であろうと、とにかく、私たちは言葉を自分一人では決して身につけられない。それは、外国語を改めて勉強してみると簡単に理解できることだ。

　そこで、私は考えた。「あの人がもし生きていたら、……」というのは、決して自分一人では想像できず、言葉に出来なかったはずだ。故人とのコミュニケーションを通じて被った影響がなければ、そうした想像自体、そもそも湧き起こりようがなかったはずだ。

……

私は、『取り替え子　チェンジリング』と大江氏自身の言葉から出発して考えたことを、今なら分人という概念を用いて説明することが出来る。

あなたが故人と長年親しくしていたなら、あなたの中には、彼との分人がまだ消滅しきれずに存在している。その分人が感じ、考えることは、必然的に故人の影響を被っている。故人の口癖や考え方がうつっている。つまり、あなたの語る言葉は、半分は自身のものでありながら、やはり半分は故人のものなのだ。そこに「非常に主観的な関係」でありながら、客観性が伴う余地がある。

そして、語る資格がない人間というのは、故人との間に十分な分人が存在しておらず、従ってその言葉も、故人との関係以外のところから発せられたものである場合だ。

遺族に残された分人には、故人の存在の影響がありありと残されている。完全にオリジナルな自分の言葉など、そもそもないのである。

分人の人格とは、相手とのコミュニケーションが生み出した、一種のパターンだ。こちらがこんなことを言えば、相手がどう反応するか、分人はある程度、知っている。それがいい意味で裏切られ、予想外の反応が返ってくるところが、生きている人間の尊さだが、しかし、ある程度は、知っているのだ。

愛する人との大きな分人を抱えている人には、「あの人がもし生きてたら、……」と語る資格があるのかもしれない。少なくとも私の死後、私についてそう語ってくれると嬉しい人が、確かに何人かは思い浮かぶ。

死後も生き続ける分人

ここで語られている分人と死を巡る議論は、すべて『空白を満たしなさい』の執筆を通じて考えられたことである。

自分が死ぬことへの不安や恐怖は誰にでもある。私も恐い。だから、人間は「あの世」を想像するなど、死後も何がしかのかたちで存在が持続することを夢見てきた。

分人に着目するなら、一人の人間が死んでも、その周りの人間の中に生じた、その人向けの分人は当面、残る。そして、あなたの死後も、あなたに向けた分人は、あなたの知人の中の分人のリンクから外されることなく存在し続けるかもしれない。あなたが生きてたら、こんな時、どう言っただろうと。そして、その知人が、今度誰かと出会って、親しくなる時には、そのあなたとの分人が、**新しい分人の生じ方**に影響を及ぼすだろう。

年齢とともに、人間は死者との分人を否応なく抱え込んでゆくことになる。魂を通じて、あの世の知人と交信し続けるというのは、実は、**時々その死者との分人を生きてみる**ことなのかもしれない。仏壇に話しかけたり、墓に線香を上げたりする時には、私たちは、その懐かしい分人が蘇ってくるのを感じる。

あなたの存在は、他者の分人を通じて、あなたの死後もこの世界に残り続ける。少なくとも、しばらくの間は。宗教を信仰せずとも、この事実を噛み締めれば、死の不安は幾分か、慰められるかもしれない。

生前の自分を直接知っている人々が全員死んだとしても、様々な記録を通じて、新たにあなたとの分人を生じさせる人もいるだろう。

宗教の教祖や、歴史上の偉人、物故作家、死んだミュージシャンなど、私たちは実際に、会ったこともない彼らとの分人を抱えている。生きている相手と違って、こちらが直接死者に影響を及ぼすことはできない。しかし、あなたの新しい発見、解釈によって、その死者のイメージが刷新されるなら、以後、彼と向き合う人々の分人化の有り様も変わってくる。

汚名とともに死んだ人間は、死後も向かい合う人間のうちに、不快な分人を生じさせるだろう。しかし、誰かがその汚名をそそいでくれるなら、次にその死者と向かい合う人の分人は、まったく違ったものとなるはずである。

なぜ人を殺してはならないのか

一人の人間の死は、その人が抱えているすべての分人の死だ。これまで様々な他者との関係が作り出してきた分人。今現に抱えている分人。そして、その人が、これから誰かと出会い、分人化させる可能性。

殺人は、被害者の生命はもちろんのこと、**すべての分人を奪いさってしまうこと**になる。あなたの親しい知人が何者かに殺されたとするなら、あなたが影響を与え、あなた向けに生じていたその人の分人も殺されたということだ。

一人を殺すことは、その人の周辺、さらにその周辺へと無限に繋がる分人同士のリンクを破壊することになる。あなたの中には、相手が殺されてしまって、更新の機会を奪われた分人が残ることになるだろう。それは、あなたという人間の個性を決定する分人の構成比率に大きな影響を及ぼすことになる。

人間は、他者なしでは、新しい自分になれない。一人の人間が死ぬことで、未来においては、無数の人間が、自己変革の機会や成長のきっかけを失う。好きな自分になり得たかもしれない分人化の可能性を失う。そして、殺人者は、他にどんなに善良な分人を抱えていても、被害者との分人において刑を科せられる。幾ら、隣近所の人が「普段はフツーの人でした」と言っても、司法は、その罪を犯した分人を、彼の中の中心的な分人として扱うことになる。自らの家族や知人を、殺人者との分人を抱えている人にしてしまう。

分人の視点で見ると、「人を殺してはならない理由」は、これだけある。決して、被害者個人、加害者個人に閉ざされた問題ではない。殺人者は、一人の人間を殺すことによって、現実には、こんなにも複雑で、大規模な破壊をもたらしているのだ。

取り返しのつかない分人を抱え込んでしまった人間について、私たちは、どう考えられるだろうか？　最後の章は、その議論のための整理にもなるだろう。

第5章　分断を超えて

遺伝要因の影響

さて、この最後の章まで、私はあえて触れてこなかった問題が一つある。そのために、フラストレーションを感じていた読者もいるかもしれない。遺伝の問題だ。

一人の人間が、ある個性を備えるに至るには、大きく分けて、遺伝要因と環境要因とがある。分人を巡るこれまでの話は、専ら環境要因についてだった。どのような場所で、どのような他者と出会い、どのような分人の構成で生きていくべきか？

他方で遺伝要因は、当然のことながらある。私が父を早くに亡くしていることは先述した。一歳の時に亡くなっているので、何も覚えていないが、にも拘らず、父を知っている人は、私のちょっとした仕草や性質に、父と「似ている」ところを発見しては、しばしば驚いていた。そのために、遺伝は、小説家としての私にとって、もう一つの重大な関心事である。

ある人と、私とあなたが、同時に知り合ったとする。何でもいいが、カフカの小説風に、Kとでもしておこう。

Kは、私と時々会うようになり、他方であなたとも会っている。当然、Kの中には、私向けの分人と、あなた向けの分人とが別々に生じている。私とあなた、それぞれの中にもK向けの分人が生じている。

隠しカメラで、私とKのレストランでの食事と、あなたとKのレストランでの食事を撮影していて、比べてみるなら、各々の分人はすべて異なっているだろう。

ここまで本書を読み進めてきて、分人という考え方に慣れた人にとっては、当然と思われるはずだ。しかし、根本的な問いがある。――なぜ違うのだろうか？

人間が、まだどんな他者とも出会っていない、生まれたての時点まで遡ってみよう。

産婦人科医と対面した時の赤ん坊の反応は、十人十色である。よく泣く子、あまり泣かない子がいるが、それは性格的な問題というより、生まれてきた時のコンディションによるところが大きいようだ。

両親に育てられてゆくところから、分人化が始まる（あるいはそれは、母親の胎内にいる時から既にスタートしているのかもしれない）。この時、どこかからまったく同じ日に生まれた、血の繫がっていない――つまり、遺伝子を異にする――赤ん坊を養子として貰ってきて、一緒に育て始めたなら、やはり、同じ両親に対する分人化には、何がしかの違いが出てくるのだろう。

この遺伝要因は、その後の成長過程でも、分人化に影響を及ぼし続けるに違いない。それについて、私たちは何が出来るだろうか？

遺伝子の発現のメカニズムは、現在、急速に解明されつつあるが、その問題は本書が扱える範囲を超えている。私には、それについて専門的な議論をする能力がないが、ただ、まったく同じ遺伝子を与えられた一卵性双生児の二人の子供を、それぞれ東京で育てるのか、パリで育てるのかで、大人になった時に、大きな違いが出るであろうことは容易に想像がつく。帰国子女の個性に、海外生活での分人の影響を見て取るのは決して難しくない。

個性というのは、分人の構成比率のことだと私は述べてきた。そして、その個性が、新しく出会った人との分人化に大きな影響を及ぼしている。過酷な環境で育って、「人を見たら泥棒と思え」というような分人ばかりで構成されている人と、誰も家に鍵を掛けないような平穏な田舎で育った人が、Kと出会ったとするなら、同じ人間に対しても、最初はやはり、異なった分人化が起きるだろう。それは、その時点までに抱えていた分人の構成が影響するからだ。

しかし、Kは Kで、ある分人構成に基づく個性を備えている。私とあなたが、Kと長くつきあい続けるなら、彼の個性によって、私の中のKとの分人、あなたの中のKとの分人は、だんだん似てくるかもしれない。あの人といると、みんな平穏な気分になる、とか、あの人といると、みんなカリカリし出す、というような人物は実際にいるものだ。

そして、Kは Kで、私とあなたに出会ったために、新しい分人を二つ生じさせて、既に分人の構成比率を出会いの前とは変えつつある。**個性とは、常に新しい環境、新しい対人関係の中で変化してゆくものだ。**十年前のあなたと、今のあなたとが変化しているとすれば、それは、つきあう相手が変わり、分人の構成比率が変わっているからである。何度も語ってきたことだ。

自分がどのような遺伝子構成で生まれてくるかは、選択できない。ある意味では、その作用は、私たちにとって不可抗力的である。

自分の分人化の傾向、自分に対する他者の分人化の傾向を観察することで、その遺伝的に備えている性質のようなものが省みられることはあるだろう。しかし、それを具体的に考えられるのは、恐らく対人関係を通じてのみだ。

トリミングの弊害

人間の個性が、不可抗力的な遺伝要因と、環境に対する分人化の産物だとするのなら、私たちは、犯罪者をどのように考えられるだろうか？　それが『決壊』という小説の最後の問題だった。

小説の登場人物の描き方には、一つ、明白な問題がある。恣意的な**トリミングの効果**だ。

勧善懲悪の物語が成立するためには、冷酷非情な殺人者といった懲らしめられるべき〝悪人〟が必要だ。しかし、私は保育園などで、まだ生まれて間もない子供たちを見ていて思うのだが、この無邪気な子供たちの誰かが、将来、殺人者になるとして、それは本当にこの子たちの自己責任なのだろうか？　子供たちは、社会の中で様々な分人化を経験して、大人になる。そうすると、**犯罪の責任の半分は、やはり社会の側にある。**

〝悪人〟が、罪を犯すまでに経験してきたすべての分人化のプロセスを丹念に描いたとするなら、犯した罪は〝悪〟だとしても、彼を〝悪人〟と見なすのは困難だろう。

ところが、小説や映画は、登場人物のそうした分人化のプロセスを、どこかでトリミングせざるを得ない。それをすべての登場人物でやり始めれば、何万枚費やしても、小説は完結しないからだ。そのために、唐突に読者の前に出現した登場人物は、本性上、〝悪人〟に見えたり、〝善人〟に見えたりする。

しかし、実はこれは、私たちが日常的に他者と出会う時にも経験していることである。なぜなら、**見知らぬ他者は常に、私たちの前に過去の分人化のプロセスをトリミングされた形で出現する**からだ。

とんでもない性格の人間だと思っていても、その人の分人構成の由来を知れば理解できる、ということもあるだろう。刑事事件の裁判で被告の生育歴が明かされて情状酌量が求められることがあるが、それはこのトリミングの外側を見るということである。

重要なのは、常にその想像力を持つことだ。そして、そのためにも、「個人」という考え方には大きな弊害があるのだ。

分人は他者とは「分けられない individual」

本書は、個人 individual とは、元々、「**不可分**」、つまり、「**(もうこれ以上) 分けられない**」という意味だった、という話から出発した。その意味は十分に理解してもらえたと思う。しかし、ここで改めて注意してもらいたいのは、その「**(もうこれ以上)**」の部分だ。

個人は、確かに分けられない。しかし、他者とは明瞭に分けられる。区別される。だからこそ、義務や責任の独立した主体とされている。

栄光を摑めば、それは、他者とは違うあなたがしたことだ。他者は、それにまったく無関係である。罪を犯せば、それはやはりあなたがしたことで、他の人間は無関係である。金持ちになっても貧乏になっても、すべて他者とは分けられたあなたの問題だ。

しかし、私たちは、分人化という現象を丁寧に見てきて、この考え方が根本的に間違っていることを知っている。人間は、他者との分人の集合体だ。あなたが何をしようと、その半分は他者のお陰であり、他者のせいだ。

個人 individual は、他者との関係においては、分割可能 dividual である。逆説的に聞こえるかもしれないが、それが、論理学より発展した、この単語の意味である。

そして、**分人 dividual は、他者との関係においては、むしろ分割不可能 individual である。**もっと強い言葉で言い換えよう。**個人は、人間を個々に分断する単位であり、個人主義はその思想である。分人は、人間を個々に分断させない単位であり、分人主義はその思想である。**それは、個人を人種や国籍といった、より大きな単位によって粗雑に統合するのとは逆に、**単位を小さくすることによって、きめ細やかな繋がりを発見させる思想で**

ある。

私たちは、隣人の成功を喜ぶべきである。なぜなら、分人を通じて、私たち自身がその成功に与っているからだ。私たちは隣人の失敗に優しく手を差し伸べるべきである。なぜなら、分人を通じて、その失敗は私たち自身にも由来するものだからだ。

文化の多様性をヒントに考える

さて、そう考えると、当然、もう一つ考えなければならないことがある。

一人の人間の中の分人同士は、どこかで浸透し合うものなのだろうか？　それとも、完全に切り離されたものなのだろうか？　私は、「個人」を整数の1だとすると、分人は分数だと書いた。しかし、その分数を全部足すと1になるかどうかについては、留保をつけた表現にした。それは、社会的な分人と一人一人に向けた分人とのレイヤーの問題だけでなく、この混ざり合うという問題があるからだ。

私は、多様な文化の共存を考える上で提唱された、二つの思想がヒントになると思っている。一つは、アメリカで一九六〇年代前後にリベラリズム（自由主義）とともに流行した文化多元主義 cultural-pluralism。もう一つは、九〇年代に、コミュニタリアニズム（共同体主義）とともに主張された多文化主義 multiculturalism である。*

この二つは、一見よく似ている。多様な文化を尊重しなさい、という意味では、同じである。ところが、その尊重の仕方が違う。

文化多元主義は、文化の間の垣根を取り払い、自由に混交してゆくことをよしとする。それに対して、多文化主義は、文化はあくまでそれぞれの土地に根付いたもので、そのままの形で尊重されることが望ましいという考え方だ。

これには、一長一短がある。文化多元主義的な混交によって、更に新しい文化が生み出されることは容易に想像される。しかし、それが資本主義と結びついて、圧倒的に非対称な力となって押し寄せる場合には、マイノリティの文化は簡単に呑み込まれてしまう。グローバリゼーションによる、アメリカの〝文化帝国主義〟については、冷戦後、方々でやかましく語られた。

この二つの立場の端的な例が、ジャズ・ミュージシャンで、同じトランペッターのマイルス・デイヴィスとウィントン・マルサリスだ。

六〇年代を一つの全盛期として活躍したマイルスは、基本的にリベラルな思想の持ち主で、ロックでもクラシックでもジャズでも、何でも音楽は音楽、いいものは認めて混ざり合うのが当然という考え方だった。従って、取り分け六〇年代後半以降、彼の音楽は、ロックやファンク、クラシックといった様々な音楽と融合していって、オーセンティックなジャズの範疇には収まりきれなくなっていく。そのために、これ以降のマイルスは嫌いで、やっぱり、いわゆるジャズを演奏していた頃の方が好きだというファンもけっこういる。

他方で、八〇年代に彗星のように登場したもう一人の天才、ウィントン・マルサリスは、クラシックのオーケストラでも、ジャズ・バンドでも完璧な演奏をこなせるが、クラシックはクラシック、ジャズはジャズで、それぞれに魅力があるのだからと、絶対にそれを混ぜることはしない。ましてや、ロックとジャズとの融合などには否定的で、ニューオリンズの伝統に根ざしたオーセンティックなジャズを頑なに守り続けている。彼は典型的なコミュニタリアンである。

マイルスの時代、ジャズは他ジャンルの音楽の自由な発展に取り残されつつあった。そうした中で、ジャンルの垣根を越えてジャズを更新すべきだという考えが芽生えたのは、ある意味では当然である。他方で、ウィントンの時代には、そうした異種交配の結果、オーセンティックなジャズは息も絶え絶えになっていた。だからこそ、その純粋な姿を残さなければならないと考えるのも、やはり理解できる。

しかし、これは二人の「個性」によるところが大きい。事実、世代的にはウィントンと同じ実兄であるブランフォード・マルサリスは、むしろ、リベラルな、文化多元主義的なミュージシャンで、マイルス・デイヴィスのバンドに在籍していたこともあるからだ。

私の考えでは、この二つの思想と実践は、社会がともに必要としているレイヤーである。

文化が混ざり合うこと自体は、このネット時代に最早否定できない。しかし、そうして何もかもが混ざり合って、遠く隔たったもの同士がぶつかり合う緊張感がなくなってしまえば、最後には世界中で同じようなものばかりが生み出される、という事態にもなりかねない。どこかで、ローカリズムに徹底した文化が存続し続けるということもまた、重要だろう。

＊大澤真幸『〈自由〉の条件』を参照

分人は融合すべきなのか？

『ドーン』の中で、私はこの文化多元主義と多文化主義の問題にヒントを得て、**分人多元主義 dividual-pluralism** と**多分人主義 multidividualism** という二つの概念を登場させた。つまり、一人の人間が抱えている複数の分人は、積極的に**混ざり合っていった方がいいのか**、それとも、きっぱりと**分かれている方がいいのか**、という問題だ。

結論から言うと、私は、文化多元主義と多文化主義の場合と同様に、両方があり得ると思っている。基本的には、混ざり合っていく部分がかなりあるだろう。私たちのそれぞれの分人は、同じ日本語を喋っている（外国人との分人は違う言語を使用するが）。どこかの分人が仕入れてきた言葉が、別の分人に紛れ込んでいく、ということはあるだろう。どこかの誰かとの分人が、あなたにとっては基礎的な分人となって、他の色々な分人に対して、良い影響、悪い影響を及ぼす、ということは現実的にあり得る。何もした覚えがないのに、相手の様子がおかしい時には、別の誰かとの分人があなたとの分人に染み出している可能性がある。**分人同士が相互に影響し合い、浸透し合う状態**だ。

また、夢や無意識のレヴェルで、それぞれの分人が相互に乗り入れ合う、ということもありそうだ。結果として、次第に各分人間の距離が縮まってゆき、誰と接していても、比較的、似たような分人を生きている、という状態も考えられるだろう。極端な分人を幾つも生きるのは疲れるので、比較的、近しい少数の分人で済ませたいというのも一つの考え方だ。

しかし、他方で私たちは、かなり振幅のある複数の分人を大胆に生きたいという気持ちもある。あるいは、ささやかではあるが、大切な人との分人が、日常の基礎的な分人に呑み込まれてしまうのを防ぎたい気持ちもあるし、人には言えない変わった趣味の分人が、家族との分人に混ざってしまうのを避けたい気持ちもあるかもしれない。

分人の構成は、異なる形の積み木が重ねられているように、それぞれが混ざり合わない部分もあれば、水彩絵の具が画用紙の上で滲むように、混ざり合っていく部分もある。その混ざり合った部分が、個性なのか、それとも、他とは完全に切り離された部分が個性の中心的な位置を占めていくのか。実感としてはどうだろうか。

分断を超えて

最後に、私たちの社会のコミュニティ間の分断をどのように乗り越えていくことが可能か、そのことを分人を通じて考えてみたい。

私たちは、半ば意識的、半ばは無意識的に、これまでも分人の構成比率を考えながら生きてきた。つまり、**つきあう相手を選ぶ**ということだ。

その結果、社会には一定のコミュニティが存在している。仕事上のコミュニティ、趣味のコミュニティ、政治的なコミュニティ、思想的なコミュニティ。……そして、このコミュニティ同士が融合し合うことは、常に非常に困難である。なぜなら、その必然もないし、互いに関心もないからだ。

もし一人の人間が、分割不可能であるなら、帰属できるコミュニティは一つだけとなる。それが彼のアイデンティティだ。しかし、私たちは同時に、**たった一つのコミュニティに拘束されることを不自由に感じる。**コミュニティの重要性は否定しないが、この不自由を嫌って、どこにも属したくないと感じている人は少なくないだろう。

例えば私は、長らく〝郷土愛〟というものに、複雑な感情を抱いていた。私が育ったのは、北九州市だが、高校時代に「俺たちは地元の人間だし！」と友人に肩を組まれることには、何とも言い難い、イヤな感じがあった。私には、文学を愛する一面もあれば、別の街に暮らして、もっと色んな経験をしてみたいという思いもある。それなのに、自分のアイデンティティが、このローカルなコミュニティに規定されてしまうというのは、まったく不自由である。

だから、私は北九州にいた間、コミュニティに対してはむしろ反発していた。早く出て行って、自分の中の別の可能性を十全に発揮したいと思っていた。

しかし、その後、京都やパリ、東京に住み、作家となり、自分の個性が、様々な分人の集積だと思えるようになってから、私はやっと、故郷に対する愛着を素直に認められるようになった。それは、完全に分人化のお陰である。

今日、コミュニティの問題で重要なのは、**複数のコミュニティへの多重参加**である。そして、それを可能とするためには、分人という単位を導入するしかない。

一人の同じ人間が、まったく思想的立場の異なるコミュニティに参加しているとする。個人として考えるなら、それは矛盾であり、裏切りだ。首尾一貫しない、コウモリのような人間だと見なされるだろう。しかし、分人の観点からは、これが可能となる。それぞれのコミュニティには、異なる分人で参加しているからだ。そして、むしろ**まったく矛盾するコミュニティに参加することこそが、今日では重要**なのだ。

二〇〇〇年代に入り、幾度となくテロリズムを経験して、私たちは距離的に遠い他者といかに和解し得るかという大問題を突きつけられた。他方で、ネットの登場により、他者の圧倒的な多様性も経験した。この二つの問題は、『決壊』以降、一貫して私の小説のテーマだった。

私たちは、個人として一つのコミュニティに参加している以上は、コミュニティ同士の対話によるしか融合の手立てがない。そして、それは常に極めて困難だった。しかし、先ほど見たように、**私たちの内部の分人には、融合の可能性がある。**意識レヴェルでも、無意識レヴェルでも、相互に影響を及ぼし合っている。

私たちは、一人一人の内部を通じて、対立するコミュニティに融和をもたらし得るのかもしれない。右のコミュニティにも左のコミュニティにも参加している人は、右のコミュニティでの分人に左のコミュニティでの分人が染み出してくる。そうして、右のコミュニティ内であなたと分人化する人の中には、何がしか、対立するコミュニティの価値観が影響する可能性がある。むろん、逆も真なりである。

非常に微視的に感じられるかもしれないが、私はコミュニティによる社会の分断を克服する上で、ここに大きな可能性を見ている。対立する、あるいは無関係な二つのコミュニティを、より大きな一なる価値観で統合しようとするのではなく、双方に同時参加する複数の人々の小さな結びつきによって融合を図る。

自分の親しい人間が、自分の嫌いな人間とつきあっていることに口出しすべきではないと、私は書いた。大好きな人間の中にも、大嫌いな人間の何かしらが紛れ込んでいる。そこに、私たちの新しい歩み寄りの可能性があるのではないだろうか。

あとがき

近未来長篇小説『ドーン』を刊行後、私は人から、何度となく、こんなことを言われた。作中で語られている「分人主義」に、とても感銘を受けた。これまでの人生でモヤモヤしていたことがスッキリ整理できた気がする。ついては、人にもこの思想を説明したいのだが、生憎《あいにく》と周りは小説を読まない人間ばかりなので、出来れば新書か何かで、エッセンスをまとめてもらいたい、と。

私は、喜んで良いのかどうか、複雑な気持ちだった。「小説を読まない人間ばかり」というのは、いかにも寂しい話である。しかし、これをきっかけに、小説にも関心を持ってもらえるならと、前向きに考えて着手したのが本書である。

そもそもの経緯がそういったことだったので、執筆に当たっては、難解な用語を極力排し、わかりやすさを第一に心がけた。

小説とは異なり、本書の目的は、何よりも「分人」という単位を提案することだった。

日々の生活の中で、恐らくは、多くの人が漠然と感じているはずのことに、簡便な呼び名を与えたかった。その先は、読者がいかようにも考えられる。この「分人」という言葉を用いて、私よりもずっとうまく、様々な議論を展開できる人もいることと思う。

「分人」という造語は、dividual のほぼ直訳である。私は、individual の in を取ったこの dividual という英単語自体も、私の造語だとしばらく思い込んでいた。手許のどの辞書にも載ってなかったからである。

しかし、私が考えつく程度のことは、所詮は、英語を話す人たちも考えていたようで、決して一般的ではないが、単語としては存在していると、知人のアメリカ人が教えてくれた。ただし、*Oxford English Dictionary* によると、dividual とは、(1) That is or may be divided or separated from something else; separate, distinct, particular. (2) Capable of being divided into parts, divisible; divided into parts, fragmentary. (3) Divided or distributed among a number; shared, participated, held in common. とのことで、「個人 individual」のように、人の単位としては用いられていないようである。

本書の副題である『「個人」から「分人」へ』には、発想の転換という意味だけでなく、歴史的な経緯も含ませてある。本文では踏み込まなかったが、individual の起源と変遷、更には日本語としての「個人」の成立過程は非常に重要であるので、巻末に「補記」として掲載した。

専門家の議論とはほど遠い、極簡単なスケッチ程度の内容だが、「分人」という考え方が、私の勝手な思いつきではなく、「個人」という概念の本質に根ざしたものであることが、改めて納得してもらえると思う。

このささやかな本が、読者一人一人の人生の一助となるのであれば、幸甚である。

＊

最後になったが、本書は、数多くの方々の貴重な助言と心強い励ましがなければ、決して生まれることはなかった。改めて、感謝の気持ちを伝えたい。

また、本書は口述筆記を元に、あとから私が全面的に手を入れる形で完成を見た。講談社現代新書編集部の川治豊成氏には、この場を借りてお礼を申し上げたい。

二〇一二年八月八日　　平野啓一郎

補記　「個人」の歴史

「個人」の起源

本書は基本的に実践的な内容を目指したが、せっかくなので、最後に「分人 dividual」という概念の歴史的な必然性を、「個人 individual」の起源と変遷をおさらいしつつ、再確認しておくことにしよう。

とは言え、まったく私の手には余る仕事なので、ここでは、レイモンド・ウィリアムズの『キーワード辞典』の箇にして要を得た「個人」の解説を参照しつつ、話を進めていきたい。

individual が、いま私たちが使っている「個人」という意味を持つようになったのは、じつはさほど昔のことではない。

まず、語源について、ウィリアムズはこう説明している。

individual の直接の前形は中世ラテン語 *individualis* で、それはもともとラテン語の語源

dividere（分ける）より出た六世紀のラテン語の否定の意味をもつ（in- がつく）形容詞 *individuus* から派生したものである。*individuus* はギリシア語の *atomos*（切断できない、分割できない）を翻訳するのに使われた。（越智博美訳）

これまで散々書いてきたとおり、individual は、元々は「分けられない」という意味で、「個人」という意味はなかった。ウィリアムズは、六世紀の哲学者ボエティウスによる individuus の定義として以下の三つをあげている。

①単一体、もしくは精神のように、まったく分割できないもの
②鋼鉄のように、その硬さゆえに分割できないもの
③ソクラテスのように、同種のもののどれにも当てはまらない固有の呼称をもつもの

当たり前の話のようだが、私たちが「個人」について考えてゆく上では、核心を突いた定義である。

②の意味は、十七世紀（近代）以後、物理学の分野でatom（原子）というギリシア語由来の単語に引き継がれた。individuus は atomos の翻訳だったのだから、いわば元に戻ったのであ

る。

①は最初、神学の中で、神の「三位一体」を説明する、「本質的不可分性」という意味で用いられていた。キリスト教は一神教だが、その神には、父、子、聖霊という三つのペルソナがある。しかし、それらは本質的に一つのものなのだという、なかなか非キリスト教徒には馴染みにくい、難解な教義だ。その後、次第に意味が広がって、「individuall」、それは夫婦のように分かつことのできぬもの」、「ひとつの全体である（individuall）カトリック教会」といった用例が見られるようになる。こちらの方が、私たちには理解しやすい話だろう。構成要素はあるものの、一体でなければ意味がない存在ということだ。夫だけでも、妻だけでも「夫婦」ではない。

③は、形而上学と論理学とのいずれにも関係する問題である。形而上学については、複雑な中世哲学の「普遍論争」を見るべきだが、ここでは割愛して、論理学での展開を押さえておきたい。

individual（＝分けられないもの）が、生物、物質を問わず、「個体」の意味を獲得し、更に人間に限定した「個人」の意味を持つに至るまでには、プロセスとして、二つの分野での発展が必要だった。

一つは、まず論理学である。

例えば、学校の教室の中を思い浮かべてほしい。色々な物が置かれている。教卓があり、生徒の座席があり、ロッカーがある。

教卓と座席とは、当然、違うものとして分けられる。区別できる。一人一人の座席も、机と椅子に、分けられる。しかし、教卓そのもの、机そのもの、椅子そのものは、もう分けられない individual。つまり、その「分けられないもの」こそが、一個一個の物＝「個体」である（因みに、日本語の「分かる」という言葉も、混在している物が、分けられて区別され、何であるのかが判明する、という意味だ）。

この考え方は、次いで十八世紀以降の新しい学問にも導入される。生物学である。

哺乳類という膨大な数のカテゴリーがあり、その中に羊という相当数のカテゴリーがあり、更に太った羊、痩せた羊、気性の荒い羊、やさしい羊、と分けていった先には、一匹一匹の羊が残るが、それらはもう分けられない individual。生物においても、その「分けられない」存在こそが、個体である。

これらを社会的な観点から人間に当てはめるなら、国家があり、都市があり、最後は一人一人にまで細かく分けられるが、それ以上は小さく分けられない。つまり、「個人」が社会（政治でも経済でも）の最小単位である。

また、生物学的な観点から考えるなら、動物がいて、哺乳類がいて、人間がいるが、その異なる一人一人は、もう分けられない。これもまた、最小単位である。進化論は、そのために長らく個体を自然淘汰の単位にしていたが、それに対して、更に細かい遺伝子の単位で見るべきだと主張し始めたのが、『利己的な遺伝子』の著者リチャード・ドーキンスである。

それはさておき、こうして、individual は、「個人」という意味を獲得し、その定着とともに、本来の「分けられないもの」という意味は失われた。今では、辞書の語源の説明に出て来るだけである。

個人の価値

「個人」は、ようやく近代になってから、言葉と共に、その存在を見出されるに至った。もちろん、それまでの西洋人も、自分と他人との区別がつかなかったなどということはない。しかし、個人が明確に意識され、議論され、価値づけられるためには、やはり言葉が必要だった。このことは、「分人 dividual」について考えていく私たちにとっても、示唆的である。

言葉だけでなく、「個人」という存在が、西洋社会の中でどのように確立されていったかについては、膨大で多岐にわたる検証が必要である。

ここでは、この単位としての「個人」の価値について、見ておきたい。これについては、『個人の発見　1050—1200年』（コリン・モリス著）が豊富な議論を提供しているので、ご興味のある方は、是非参照されたい。

近代以前から、「個人」の価値を重視する発想は、キリスト教の教父たちの著作の中に見られていた。

キリスト教の神は、この世界に、いつでも姿を現しているわけではない。人間は、物質を通じてではなく、自身の内なる精神を通じて、神と向かい合わなければならなかった。そのためには、自らの内面を見つめる必要があった。

自分は、他の人間と、どこがどう違うのか？　どんな罪を犯して、神に赦しを乞わなければならないのか？　この内省は、やがて教会を介して、告解の習慣に発展してゆく。こうして宗教的な意味で、個人はその中身に重きが置かれ、本質が吟味され、優劣が意識されてゆくこととなる。

この時、重要だったのが、キリスト教が一神教だった、という事実である。神との関係は、一対一だった。そして、全知全能の神を前にして、人間はウソ偽りのない、「本当の自分」でなければならなかった。

他方、世俗に目を向けた時、なぜ、もうこれ以上は「分けられない」最小単位としての「個人」が重視されたかと言えば、中世の封建制度の崩壊から近代に至るまで続く、一連の社会の解体のためだった。階級が失われて、システムがバラバラになれば、あとに残るのは、構成員としての「個人」だけだ。逆に言うと、このシステムの最小単位である「個人」をどんなふうに再編成するかで、社会のデザインは変わってくる。

啓蒙主義を経て、市民革命によって民主化が実現される過程で、自由で平等な「個人」の尊重が謳われるようになったことは、ご承知の通りである。西洋史を見ていると、遠い昔のことのようだが、つい最近も、私たちはアフリカのジャスミン革命の衝撃を経験したばかりだ。

個人は、社会（国家や市町村）と対置される。国家の根幹は国民一人一人だが、国家権力と個人の権利とは、しばしば先鋭的に対立するようになる。

経済においては、社会の機能分化が進んで、職業と個性とのマッチングが重要になる。第一章で指摘した通りだ。

最適な人材が、最適な職業に長く就くことが、緊密にリンクが張り巡らされてゆく社会にとっては重要になる。個性の発揮が、職業選択の自由／義務と結びつけられていったのは、個人の願望であるのと同時に、社会の側からの強い要請でもあった。

社会としては、できるだけ不確定要因を取り除きたい。個人が首尾一貫していなければ、社会の基本となる構成要素が不安定になり、方々で機能障害が起きてしまう。

例えば、家を買うためにローンを組んで、銀行から借金をする。こうした契約を結ぶ前提になっているのは、ウソ偽りのない、個人の同一性である。そして、それを保証するのは、共同体（国家や市町村）への登録だ。日本では、運転免許証や実印が、戸籍との同一性を証明する道具になっている。

必然的に、個人の私生活が、社会全体の関心事となってゆく。一人の個人の変調が、リンクを辿って社会の多方面に波及することとなるからだ。

文化では、小説が隆盛を極め、まさしく個人の人生が、その関心の中心を占めるようになる。仰ぎ見られる英雄の物語とは違い、身近な存在の多様な個性が、人々を魅了した。多くの葛藤が描かれたが、それは、「個人」が「分けられない」存在だとする、この定義の無理に大いに由来していた。

「個人」という日本語

「個人」という単位は、このように、極めて人工的なもので、また特殊に西洋的な概念だった。

では、最後に、「個人」という日本語についても確認しておこう。

よく、西洋には「個人主義 individualism」の長い伝統があり、明治以降、その思想を輸入した日本とは、その点で根本的に違っている、と言われる。

しかし、今見てきたように、「個人」という単位自体が確立されたのは、ようやく近代になってからであり、「個人主義」という思想の誕生は、更に十九世紀の半ばに差し掛かってからのことだった。

フランスの著名な政治哲学者トクヴィルは、『アメリカのデモクラシー』という本の第二巻（一八四〇年刊）で、こう記している。

「個人主義は新しい思想が生んだ最近のことばである。われわれの父祖は利己主義しか知らなかった。」（松本礼二訳）

第一章で引用した漱石の「私の個人主義」という講演は一九一四年のものである。その頃には、もう十分、人口に膾炙《かいしゃ》した言葉となっていたとするなら、この西洋人にとっても新奇な響きの造語は、さほどのタイムラグもなく、日本に輸入されていたことになる。

『アメリカのデモクラシー』の中でトクヴィルは、個人主義を「思慮ある静かな感情であるが、市民を同胞全体から孤立させ、家族と友人と共に片隅に閉じこもる気にさせる」思想だとして、否定的に語っている。トクヴィルは、言わずと知れた民主主義の理論家だったが、大革命後、貴族制の時代にあった社会的な繋がりが切断され、バラバラになってしまった個人が、視野狭窄に陥り、互いに無関心になってしまう様子を、懸念しつつ、慎重に観察している。

今日でも、地縁や血縁が失われて、人がますます孤独になっている、という議論はしばしば耳にする。震災後の「絆」ブームは、その表れの一つだった。

漱石の講演は、その意味でも核心を突く内容で、自己の個性の発展と同時に配慮されるべき他者の尊重、自己の権力の行使に伴う義務と、金力の行使に伴う責任が説かれている。

しかし、individual という言葉は、当時の日本人にとっては、社会 society と同様に、非常にわかりにくい、まったく新しい概念だった*。

individual は、幕末に日本で読まれていた複数の『英華字典』(英-中国語辞書)では、「単」、「独」、「単一個」、「一」などと訳され、人については別に、「独一個人」、「独一个《か》人」、「独一者」と訳し分けられていた。これらの辞書は、いずれもイギリス人によって書かれたもので、彼らは、「分けられない」という原義を、「一個」という漢字で表現しようとしたのだろう。まえがきで私は、個人は整数的で、分人は分数的と書いたが、それはこの意味である。

「独一個人」という言葉は、福沢諭吉も『文明論之概略』の中で使用しているが、日本語としては生硬で、いかにも定着しなさそうな語感である。そのため、明治初年頃からは、「独」の字が省略された「一個人」という形が目に付くようになった。その後、様々な訳語が試みられたものの、明治十年代になって、今度は「一」も落ちてしまい、現在の「個人」という言葉が登場し、最終的にはこれに落ちついた。因みに、現代の中国でも individual は、「個人、個体」と訳されているが、論理学では「不可分割的実体」という直訳的な用語も存在している。

経緯がこんな具合だったので、私たちは、「個人」という単語から、「分けられない」という原義を知ることはほとんど不可能である。私は、「分人」のアイディアを人に説明する時に、大体、「個人」の語源の話もするのだが、「分けられない」という意味を考えたことのあるという人は、ほとんどいない。

明治維新後、士農工商という身分制度が崩壊した日本では、まさしくバラバラになった一人一人が、独立した主体として、政治に参加し、経済活動に従事しなければならなかった。そのためには、「個人」の確立が急務だった。そして、日本で、自我というものの長い苦悩が始まったのは、まさしくこの時だった。

私たちが「分人」について考え始めたのは、individual という概念に最初に違和感を覚えてから、実に百五十年後のことである。

＊柳父章『翻訳語成立事情』、飛田良文『明治生まれの日本語』を参照